蒼路の旅人

苍路旅人

守护者系列

[日] 上桥菜穗子 著　刘争 译

SPM 南方传媒　新世纪出版社
·广州·

登场人物介绍

查格姆
新约格王国的太子。

修加
观星博士,查格姆太子的老师兼军师。

哈尔苏安·托萨
新约格王国的海军大提督,查格姆的外祖父。

阿拉尤坦·休戈
隶属于神秘组织"鹰"的密探。

赛纳
桑加海盗船的女船主。

拉乌鲁
达鲁修皇帝的次子,十分有野心。

其他人物介绍

* 新约格王国

托格姆： 新约格王国的二王子。

米修娜： 新约格王国的三公主。托格姆的姐姐。

加凯： 观星博士，见习圣导师。二王子的亲戚。

奥兹尔： 观星博士，见习圣导师。

拉多： 陆军大将军。三王妃的父亲。

特洛盖伊： 能力超凡的咒术师。

晋： "国王之盾"的成员之一。

永： "国王之盾"的成员之一。

林： 查格姆太子的近侍。

纳鲁克斯·塔嘉尔： 水兵。

纳罗兹·欧鲁： 水兵。

* 达鲁修帝国

哈扎鲁： 达鲁修皇帝的长子。

阿库拉·库鲁兹： 达鲁修帝国北翼宰相。

* 桑加王国

萨鲁娜： 桑加王国的公主。塔鲁桑王子的姐姐。

塔鲁桑： 桑加王国的王子，曾在性命攸关时为查格姆所救。

科维·奥尔兰： 桑加海军卡鲁修群岛的司令官。

雅特诺伊·索多库： 咒术师，密探。雅特诺伊·拉斯古的弟弟。

用语集

约格语

巧（屋）炉   一种纸卷烟，约格人称为巧炉。把香木晾干磨成粉后包在纸里吸食。

茶子饼   一种糕点，用柑橘类水果拉夫尔的果汁做馅。

达鲁修语

奥拉木哈拉依   "广大干渴之地"之意，达鲁修帝国西南部的广阔沙漠。

卡鲁兹诺海依   "白山脉"之意，达鲁修帝国南部连绵不断的山脉。

图尔安   三百人部队的长官。

塔尔尤塔拉   "到达终点的人"之意，达鲁修帝国的一种臣民身份。属国出身的士兵立军功之后，其所有家庭成员都可以获得该身份。

桑加语

荞沙果   一种桑加水果，形似香蕉。

地 图

目　录

序○章　来自南方的波澜 ……………001

第一章　国王和太子 ……………013

　1. 圣导师的宿命 ……………015
　2. 桑加国王的信函 ……………024
　3. 破裂 ……………039

第二章　陷阱之航 ……………051

　1. 航海 ……………053
　2. 群岛之网 ……………065
　3. 囚房之夜 ……………081
　4. 囚房小屋的逃亡 ……………087

第三章　查格姆与鹰 ……………097

　1. 相逢 ……………099
　2. 擦身 ……………113
　3. 异乡的星空 ……………121

4. 风暴 ············ 134
5. 鹰爪之下 ············ 148
6. 瞬间的光辉 ············ 160

第四章　对决　············ 173

1. 达鲁修的悍马 ············ 175
2. 灰色的旅途 ············ 180
3. 雨中帝都 ············ 191
4. 北城馆 ············ 196
5. 无声之声 ············ 201
6. 墙上的世界 ············ 205

终○章　苍路旅人　············ 221

1. 金色的云 ············ 223
2. 月下苍路 ············ 239

后记 ············ 253

序 章

来自南方的波澜

被阵雨冲刷后的夜空里闪烁着无数的星星。就在这个夜晚，携带桑加公主萨鲁娜密信的密使踏上了新约格王国的土地。

天空有些昏暗，仿佛被泼上了一层淡墨。

帆船的帆啪啪作响，刹那间，大雨倾盆而至。

无论是把船停靠在港口的水手，还是在马车边卸货的挑夫，全都一边咒骂着这突如其来的暴雨，一边手忙脚乱地将货物遮盖起来，以免被大雨淋湿。

一个少女从停靠在中型帆船专用栈桥的桑加号船上走了下来。大雨浇向她身上涂过防蜡层的奥罗（桑加人的雨衣），又顺着表面流了下来。

那些光着膀子在甲板上捆绑缆绳的男人毫不在意自己被浇湿，为了压过雨声，少女放声喊道："干完活儿，大家去喝一杯吧，不过，要做好随时出发的准备，可别喝多了啊！"

站在船头的年轻人笑着答道："知道啦！"

少女向年轻人挥挥手，便快步跑开了。

虹龙是新约格王国最大的港口，船来船往十分热闹。

桑加王国和达鲁修帝国开战之后，来自南方的商品大大减少，即便如此，还是有很多货船经由桑加来到此地。因为比起陆路，运输笨重庞大的货物还是走海路更为合适。

　　船上的货物经过分装后，再用马车经陆路运往光扇京。在车马客栈云集的街角，有一条酒馆林立的小路。

　　高罗酒馆就是其中的一家。酒馆招牌一侧的挂钩已经脱落，风一吹，招牌的一角便会撞在屋檐上。这是车马队的商人和保镖们常常光顾的便宜酒馆。酒馆内炉火正旺，处处弥漫着劣酒味、煤烟味和经年被海风吹打的男人们的体臭。

　　这里不仅有约格人，桑加人和罗塔人也在这里喝酒，各种语言交织在一起，环境十分嘈杂，不把脸凑近了，几乎听不见对方在说什么。

　　板壁的一角有些人形图案的涂鸦之作，醉汉们以图案为标靶轮番投掷着短刀。

　　"喂，你这家伙，住手！这太危险了！"

　　一个酩酊大醉的男子不顾同伴的阻止，一把抄起短刀，奋力投了出去。短刀没有命中标靶，却撞到了远离目标的柱子，被反弹后旋转着朝未知的方向飞了过去。

　　"危险！"

　　有人高叫起来，眼见着短刀朝着坐在入口边的一个男子飞过去。

　　那个正在沉思的男子瞬间察觉到不妙，条件反射般噌地拔出了自己的短剑，随即又伸出左手抓住了飞来的短刀。

　　男人们爆发出一片赞叹声。

　　掷出短刀的醉汉扭头看了看男子，耸了耸肩。

那个接住短刀的男子看上去二十七八岁,一头黑发束在脑后,看上去颇为精悍。

男子默不作声地盯着醉汉,周围的男人们感到了一种无形的压力,不由得都静了下来。

投掷短刀的醉汉在男子的注视下,顿时酒醒了不少。看到男子手里把玩着短刀,不由得上下牙开始打架。

男子紧盯了醉汉片刻,突然间仿佛失去了兴趣,将短刀咚的一声插在了桌面上,开始若无其事地喝起酒来。

酒馆里一片寂静,一时间只听到雨点击打屋顶的声音。

正当嘈杂声又开始响起之际,酒馆的门开了,一个小小的身影走了进来。那人将身上淋得透湿的雨衣脱下来挂在墙钉上,伸手抹了一把被雨打湿的面庞。男人们看到那纤细的手才发觉来人是一个年轻的姑娘,顿时有了些兴趣。

那是个十五六岁、眉目端正清秀的少女,长得像桑加人,手和脸的皮肤都晒得黝黑,却十分紧致,一双灵动的大眼环视着烟雾缭绕的室内,仿佛在寻找着什么人。

"这儿。"

看到抬手向少女打招呼的是刚才手抓短刀的男子,酒馆里的男人们顿时装出一副漠不关心的表情,将落在少女身上的视线移开了。

少女走到男子的桌边,在矮椅上坐了下来,然后以十分熟稔的口气,扬手招呼酒保要了一壶酒,丢出了几文钱。

"这还没到夏天呢,新约格就下起这样的阵雨,还真少见啊。"少女搓着双手说。屋外的冷气似乎随着少女身上的桑加式上衣一起飘了进来。

"一路上还顺利吧？"男子问道。少女摆出一副理所当然的表情回答道："如您的吩咐，我和他们不过是前后脚，他们乘的船马上也要到了。"

"干得漂亮。"

看到手里的纸上盖着达鲁修帝国的官印，少女的表情顿时明朗起来。这是一份将功抵过的证明文件。

似乎是感觉到了少女的紧张情绪有所放松，一只小白鼠从少女的衣襟中探出头来。白鼠耸动着粉红色的鼻头，用机灵的黑眼珠仰望着少女。

少女扑哧一笑，从碟子里拈了几颗油炒塔滋豆，喂给白鼠吃。

"没冻着你吧，你可一直在我怀里待着呢。"

小白鼠吃得津津有味，吃完后，一抬头，又消失在少女的衣服里。

雷声隆隆，突然一声炸响，把酒馆都震得巍巍颤动。

正在痛饮的男人们缩了缩脖子，许多人唰地伸出了右手，掌心向天。对于约格人来说，雷是天神投掷出的闪光。传说招惹天神的人都会被雷劈，所以向天伸出平日用来紧握武器的右手，是表示服从天神、免遭天谴之意。

男子的眼中掠过一丝笑意。少女有些惊讶地问道："有什么好笑的？"

"没什么。没想到新约格的家伙们也会做这个动作。"

男子是约格人，但并非出身于北部大陆的新约格王国。他的故乡在雅鲁塔西海的另一端，南方大陆的约格王国。约格王国被达鲁修帝国征服之后，现在已经改名为约格属国。

这里是位于北部大陆的新约格王国。很久以前，一个名叫凯南·纳纳伊的观星博士带领一群约格人离开了南方大陆的约格王国，远渡重洋，来此开辟新天地，建立了新约格王国。

在那约罗半岛登陆的约格人，后来与皮肤黝黑的半岛土著居民亚库人通婚，后代中出现了许多褐色皮肤的子孙。随着岁月流逝，他们的语言也开始与南部的约格语略有不同。

王族、贵族和武士阶级依然保持着约格人的风貌，但农民、渔民、商人却逐渐本土化，成为与南部约格人完全不同的族群。

两个隔海相望、两百多年互无交集的王国的子民，却在此时以同样的举动祈求神灵宽恕。看到这种场景，男子有种奇妙的感觉，仿佛遇到了从未谋面的远亲。

"这个季节却轰隆隆地打雷，今年这天气确实有些不寻常呢。"

醉汉们凑在一起小声议论着。近来到处都有人传言，说这个国家将会出现改天换地的大事。

现在还是白雪皑皑的冬季，青雾山脉的谷地却繁花盛开；原本在夏天产卵的细活罗鱼早春时节却大量产卵；还有从初春时起就绵绵无休的雨水——那约罗半岛各地不断传来的种种异象，不由得让人惴惴不安。

身后座位上传来了一个男子低哑的声音。

"没什么，什么都不用担心。天神之子会保佑我们的。这可是天神守护的国家。即使雨日连绵、冬季花开，也不可能出什么大事。就像以前的大干旱那样，查格姆太子殿下一定会感抚天地，拯救百姓的。"

听到这里，男子的眼里闪过一道厉色，仿佛是苍鹰发现了猎物。但少女完全没有注意到这短短的一瞬。

在高罗酒馆与少女对饮的男子是隶属于达鲁修皇帝的次子拉乌鲁王子的神秘组织"鹰"的密探。

不断侵略、攻占南方大陆国家的达鲁修帝国十分强大。

在达鲁修帝国，对侵略北部大陆最为热心的是两位王子。两位王子相互较劲，各自驱使约格人潜入新约格王国，刺探进攻方策，试图为侵略寻找途径。

这是因为皇帝已经承诺，将会把引军北进的指挥权交给最先找到进攻北部大陆根据地的王子。

酒馆里的这位男子虽然年轻，却因才能出众、胸怀大志得到了拉乌鲁王子的认可，获得了组建队伍、统领部下的权力。

男子亲自挑选了桑加人、罗塔人和约格人做自己的部下，他们分散于达鲁修帝国各地，将在桑加王国、罗塔王国和新约格王国获取的情报带到帝国各处，建立了独立的情报网络。

他的部下人数不多。但男子在选择部下时并不仅限于武士阶级，只要机敏有胆识,哪怕是城乡出身的平民,甚至是妇女和老人,都可以被其网罗至麾下,授予相机行事的权力。这一做法大奏奇功,与那些只会听命行事的士兵相比,他的部下行事机动灵活,掌握了许多情报。

北部大陆确实正处在异变前夕,各处暗潮涌动。

海洋国家桑加王国原本是进攻北部大陆的障碍,但在达鲁修帝国压倒性的军事实力面前,已开始发生变化。

变化的第一波是桑加国王派往新约格王国觐见国王的特使已经抵达光扇京城下。在背后推波助澜的是与男子无关的另一个组织。

男子在虬龙港等待的是隐匿在第一波之外的另一波——桑加王国公主萨鲁娜派出的密使。

密使或许携带着写给查格姆太子的密函。为了抓住这些密使,男子一直在利用眼前的少女探查密使所乘船只的动向。

少女乘坐的是海盗船,那些海盗把她称为兹阿拉·卡西那,也就是一船的船魂——船长。少女的海盗船转弯灵活,为了不让对方察觉,故意选择了一条复杂的航路追踪密使的船只,每次靠港,少女都会使用训练有素的鹰与男子传递信件。最终,少女从密使选择的航路中分析出船只将停靠这个港口,所以领先一步,在酒馆与男子碰头。

阵雨和雷鸣不知何时已经偃旗息鼓。

男子熟练地用纸张把一些香木粉卷成了一支巧炉，叼在嘴里，又用烛火点燃。顿时，一股清香散发开来。

男子静静地吸着烟，低着头，似乎在酒馆的嘈杂之中倾听着什么。然后，他抬起脸看着少女问道："接下来，你打算怎么生活？"

少女紧闭双唇，视线并没有落在男子身上，喃喃地回答道："干我能干的事。"

少女的故乡在桑加王国的最南端——萨刚群岛。生活在那片海域的人是达鲁修进攻桑加时最早的牺牲品。

萨刚群岛的居民当然对征服者达鲁修人心怀仇恨，但是更加厌恶不施援手、视萨刚为弃子的桑加王国。

达鲁修帝国统治的海域严禁海盗行为。如果破禁，将遭到严惩。

祖祖辈辈以当海盗为生的萨刚群岛居民被迫改变自己的生活方式。到现在，与达鲁修帝国有贸易往来的大海盗出高价购买了贸易许可证，迅速转行成为正规贸易商。但是那些只有一条小船、亦渔亦盗的人无力购买贸易许可证，只能冒着被处罚的风险，继续自己的海盗生涯。

少女的船很小，当然买不起贸易许可证。为了生存，她和她的伙伴们只能继续在法律边缘游荡，铤而走险。然后，终于被抓。

少女把赦免文件折了起来，叹口气道："那些达鲁修人贪得无厌，什么都要许可证，捞大钱。我们干不了陆地上的活儿，想专心捕鱼，他们又说要买领域渔业权。我们哪有这些钱！"

男子默不作声地听着少女发牢骚，然后开口道："你最想要的是什么？"

少女表情认真地盯着男子，似乎想猜测他的意图。沉默了片刻，她才低声道："那当然是贸易许可证。"

男子点点头："刚才说的活儿也许还会有，但说不定还会让你做件事。你想不想挣笔钱，买完贸易许可证，或许还能剩一些？"

少女的眼睛一亮："当然愿意。"

男子紧盯着少女。

"能挣大钱的活儿，你应该可以想象到是什么。具体内容现在还不能告诉你，或许会有风险。愿不愿意干，你可以回去和你的伙伴们商量了再做正式决定。"

少女扬眉笑道："行。不过，只要我觉得好，我的伙伴们是不会有意见的。"

说着，少女的表情认真起来。

"你说的活儿还是和那些男人有关？"

男子微笑着不作声。

少女的眼中掠过一丝不安。

"那些男人到了港口后会怎么样？"

男子盯着少女，片刻之后才静静地答道："这还不清楚。我的工作是先掌握情报，至于怎么使用情报，之后再考虑。"

突然，传来一阵类似野兽低吼般的声响。或许是海潮声，或许是远处的雷鸣。

此后不久，就在夜幕降临之际，响起了钟声。悠扬的钟声宣告当天最后一艘船已经入港。听到钟声，男子一下站起了身。

　　被阵雨冲刷后的夜空闪烁着无数的星星。就在这个夜晚，携带桑加公主萨鲁娜密信的密使踏上了新约格王国的土地。

　　将要大大改变查格姆太子和北部大陆命运的第一波浪潮冲向了那约罗半岛。

第一章

国王和太子

国王嘴角的浅笑，微皱的双眉，教育无知儿童的眼神，此刻都给查格姆带来一种强烈的呕吐感。

　　查格姆的余光感到修加正在注视着自己——他正在以祈求的目光注视着自己，希望自己忍耐。

　　但自己已经忍无可忍。

 ## 圣导师的宿命

人影随着烛光晃动。

天刚微微亮，一家名为万全屋的店铺的二楼密室里有两人正相对而坐，一位是气度高雅的青年，另一位则是相貌丑陋的老妇人。

老妇人不修边幅地斜靠在墙壁上，弯起一条腿，自斟自饮。

"你看上去很疲惫啊，观星人。"

被老妇人调侃的年轻人是观星博士修加，他苦笑着说："特洛盖伊大师您总是那么精神矍铄。"

老妇人特洛盖伊笑了出来。笑容之下，眼角的皱纹似乎隐去不见。

这个被誉为当代无双的咒术师已年过七十五，但容貌似乎从修加初识她时就未曾变过。

"我是自己做主说了算的，不像你那么辛苦，所以我可得长寿。"

修加苦笑着点点头。

修加今年才二十五岁，但他既是查格姆太子的侍读，又是推动国

政的圣导师的得力心腹，身兼重任。

特洛盖伊看着年轻人因劳累而略显憔悴的面庞，叹口气说："你发什么愁？是因为有谣言说要出大事吗？"

修加点点头。

"天象怪异，必须尽早判明到底会出什么大事。"

特洛盖伊哼了一声道："观星人，你太着急了。用不着这么焦躁。这些怪异的天象，或许只是纳由古季节变换造成的。"

"纳由古的季节？"

"是啊。那里的季节已经变了，所以这里也随着有些变化，这是唐达说的。邻国罗塔也因为纳由古冰雪的消融出现了很多异象呢。"

修加点点头，确实有这种说法。

"您的意思是说，因为纳由古迎来了春天，所以发生了青雾山脉谷地鲜花在严冬盛开的怪事？"

特洛盖伊耸耸肩，往木碗里汩汩地倒满了酒。

"萨古和纳由古有些地方相连接。谷地也是其中之一。"

说着，特洛盖伊先舔去了碗沿的酒滴，然后美美地喝了起来。她痛饮美酒时的表情看上去十分幸福。

"亚库有个传说：纳由古的春天十分漫长，一旦春天降临，这里的世界即便已过百年，那里依然是春天。"

特洛盖伊的眼睛瞟着修加，嗤笑道："这种事用不着那么心焦。"

修加依然苦笑着说："怎么能不心焦呢？国家大事可不能像纳由古那样悠然自得。"

他的眼中充满了不安。

"我心里最担心的其实是查格姆太子殿下。"

"为什么？查格姆小哥出了什么事吗？"

特洛盖伊的称呼让刚想说正事的修加不由得笑出声来。

每次听到特洛盖伊这样称呼太子殿下，修加都觉得十分温暖。特洛盖伊并没有把查格姆当作太子，而一直把他看作自己家的一个孩子。

修加也从心底敬重太子。但限于身份，他不能像特洛盖伊那样轻松地忽略太子的头衔，而必须时刻提醒自己，切不可忘记查格姆是太子。

"太子殿下御体无恙，十分健硕。只是百姓们畏惧异变，传言可拯救国家的不是国王而是太子。这让我寝食难安。"

特洛盖伊恍然大悟地说："原来如此，如果国王嫉妒查格姆小哥，这倒是件棘手的事。"

修加点点头。

"眼下国家到处都有隐忧。不只是异变，还有来自达鲁修帝国的威胁。我最担心的就是国王会对民众称扬太子殿下而有所猜忌。"

修加不能向特洛盖伊挑明，其实他目前真正忧虑的是太子查格姆有可能遭到暗杀。

为了对抗达鲁修帝国，必须将国家分裂的危险扼杀在摇篮里。此时任何一个小小的闪失都有可能导致国王对自己的儿子下手，而这个冠冕堂皇的理由现在就摆在国王面前。国王已经对自己的儿子厌恶已久。

国王曾经下令暗杀太子，查格姆对此心知肚明，这已成为父子之间无法拔除的一根毒刺。记忆通常会随着时间的流逝而变淡，但唯有此事一如既往地鲜明，继而萌发出黯然的猜忌，成为一块破溃流脓的伤疽。

如果太子仍是个便于操控的少年，国王或许也不会对他如此厌弃。

但太子如今已成长为才气横溢的青年，性格中更隐隐有疾如烈火的一面。今年新年，太子已经年满十五，完成了成人仪式。宫中年轻的大臣和将军对太子十分心仪，不知不觉中就连被大家视为中坚力量的朝中重臣，也开始翘首企盼太子早日登基。

这不但让向来希望集天下民心于一身的国王愤怒不已，对那些将国王视若神明的重臣来说，也是"是可忍孰不可忍"的大事。

修加十分理解众人的心情。

看到太子，修加总觉得迟早会有大事发生。对于希望宫廷一成不变的人来说，将太子视作隐患是理所当然的。

但也有人觉得宫廷如果一成不变，一旦达鲁修帝国来袭，国家将万劫不复。这些忧国忧民的人把希望都寄托在太子身上。而这又是国王无法容忍的。

"如果二王子不曾出生……"修加喃喃地说，"那些拥戴国王的老臣，就不得不接受查格姆太子为唯一的储君。"

特洛盖伊挠了挠下巴。

"是啊,现在就算查格姆死了,还有其他取而代之的王子。"

特洛盖伊直言不讳,修加只有苦笑。

二王子今年三岁,平安度过了婴幼儿最为危险的前三年,身体颇为壮实。三公主也已年满十岁,再过几年就可以选驸马成亲。

"二王子的后台也是个难搞的人物。"修加在心里不无苦涩地自言自语。

二王子、三公主的母亲三王妃是掌管陆军的大将拉多的女儿。拉多深受国王宠信,对自己的亲外孙,也就是二王子十分溺爱,而对太子则无端地反感。这已经是众所周知的事实。

"宫里有谁会成为查格姆的后援呢?"仿佛看透了修加的心思,特洛盖伊问道。

"太子母妃的父亲托萨大人是掌管海军的大提督,生性沉稳。他不会在明面上拥立太子,但会在关键时刻出手帮助太子登基。"

"那倒是件好事。小哥确实需要这样的帮手。"说着,特洛盖伊注意到了修加脸上的表情,她有些疑惑,"难道这个托萨大人有什么问题吗?"

修加神情暧昧地摇摇头。

"托萨大人本身没有什么问题,他德高望重,很多人愿意跟随他。"

"哈哈,查格姆有这样的后台,门客众多,他那国王老子又怎么会开心呢。"

虽然咒术师的言辞不受俗世的身份约束,但她再怎么和修加熟稳，用这样的口吻数落国王，还是让修加不由自主地咧了咧嘴。

也许特洛盖伊这样说只是为了好玩——事实上，说完这番话后，她看着修加，笑得有些狡黠。但是修加笑不出来。

所谓派系，一旦出现对立，相互之间的对峙争斗只会愈演愈烈。在太子周围，"扇上派"与"宫中派"之间的紧张关系日益加剧。

还有就是太子殿下过于年轻。

虽然他的敏锐才智让人惊叹，但还是欠缺些成熟，不够稳重。

这也无可厚非，说到底他还只有十五岁。

如果不用心守护，太子丧命之日也许将近在眼前。

修加表情阴郁，默不作声。特洛盖伊伸腿踹了一下他的膝盖。

"喂喂，脸色不要那么难看。你可是个聪明人，要是不放心，就好好保护小哥。"

修加的笑容很僵硬。

——如果我能护得住就好了。

事实上，眼下修加的处境相当微妙。

年迈的圣导师开始不放心自己的健康状况，为了防止自己倒下后事态发生不测，最近他收了三个见习圣导师。

修加就是其中之一。

另一个是加凯，是二王子的亲戚。他丝毫不隐藏自己的野心，把修加当作眼中钉。虽然他并不具备成为圣导师的资质与胸襟，但好在容易操控，因此他是保皇派心中的圣导师人选。

第三位是五十多将近六十岁的奥兹尔，他以前是观星师。

　　奥兹尔为人固执，拘泥于条条框框，之所以被选为见习圣导师，是因为他正适合摆在修加和加凯中间。

　　在告知修加这些时，圣导师的眼神冰冷严肃，不带一丝温情。

　　"三人当中你最年轻，而且与太子渊源极深，国王对你多有疏远。修加，你可有忍辱负重之能？圣导师常侍国王左右，只有引动国王，圣导师才得以引动国家。太子尚未登基，终究还是差了一层。"

　　圣导师告诉修加，为了成为可以引动国家的圣导师，必须向国王表明自己离开太子的决心。

　　确实，如果做不到这一点，修加将一事无成。如果国王认为修加为太子效力，那么他提的所有建议都将被弃用，绝不会被采纳。

但是修加对太子充满了怜悯，太子正因为英明才被国王厌弃，正因为心向国是政事，才斩断了与他人的牵连。

修加向紧盯着自己的特洛盖伊点了点头。

"言之有理。我不该如此孱弱，我会铭记在心。"

话虽这么说，修加脸上的阴郁并没有消散。特洛盖伊看着他，脸上也掠过一丝阴影。

两人走下楼梯，店主托亚已经泡好了茶。

"哇噢，特洛盖伊大师，瞧您这身酒味，喝这么多没事吗？"

特洛盖伊哼笑了一下，啜了一口茶。托亚给修加也上了一碗茶，然后从架子上取过一个包裹，递给修加。

"修加先生，有三个人来过，这是他们留下的文书。"

"哦，谢谢。"

修加接过包裹，从怀里掏出几枚银币递给托亚。托亚高高兴兴地接过银币，然后贴在额头，对修加行了一个礼。

"今后还会有劳您……特洛盖伊大师，后会有期。"

修加对二人行了个礼，打开门，察看了一下四周，随后消失在京城昏暗的雨巷中。

托亚喜笑颜开地把银币收了起来，特洛盖伊低声说："托亚，你还在帮修加？"

托亚回过脸，点点头道："是啊。帮修加先生做点事。"

特洛盖伊的脸色阴沉下来。

修加认为达鲁修帝国的进攻在即。确实，战争的血腥味已经逼近了这个国家。

特洛盖伊知道，为了在敌人亮出利爪之前尽可能地收集情报，修加一直在从贸易商手里购买达鲁修的情报。

但当特洛盖伊了解到修加把这家店铺当作与商人交换情报的场所时，不由得有些担心。一两次或许还不显眼，长此以往，这家店会成为人们议论的中心。

修加一直说，或许已经有相当数量的达鲁修密探进入了这个国家。如果被密探发现此地……

"托亚……"特洛盖伊刚要开口，托亚猛地低下了头。

"非常感谢。大师您还为我这样的人着想。我知道这么干有危险。但是一来，我老婆现在怀着孩子，需要钱；二来我也听到了些要出乱子的谣传，能挣钱的时候，我还是想多挣点儿。"

托亚自幼父母双亡，一直在老城区的桥下生活，特洛盖伊心有感触地望着眼前的年轻人，缓缓地摇头说："一定要小心。觉得有危险就赶紧逃。你和萨娅就算身无分文也能活下去的。"

托亚点头，嘿嘿一笑。

闪出店门后，修加在小巷里走得很快。小雨仍在下，天就快亮了。

查格姆太子的身影仿佛出现在眼前，声音似乎回荡在耳边。

"原谅我，修加。就因为我不羁的个性，说不定某一天会连累了你。那时你要是觉得拉不回来我了，你就放手吧。"

修加的脸上充满了痛苦。

"殿下早在我之前就预感到会有这么一天了。"

四周不见人迹，只闻雨声，修加俯首疾行。

 2　桑加国王的信函

多日不见的阳光使人心情舒畅，查格姆眯着眼，任凭阳光洒在自己脸上。

只有在山之离宫，周围的心腹才会体谅查格姆的心情，让他独处片刻，查格姆觉得十分难得。

但这并不意味着他可以自由外出，像这样坐在亭园里的岩石上已是极限。坐在岩石的顶端，可以越过围墙看到外面的湖。这里是查格姆从小就喜欢待的地方。

连绵的阴雨一直持续到昨天，岩石上的青苔湿滑，地面也有些泥泞。岩石已被阳光晒暖，坐上去干爽舒适。

冬季的山峦枯黄萧瑟，湖面波澜不惊，澄若明镜，间或有小鸟飞翔掠过。

凝视着湖面，查格姆思绪万千。

宫殿的倒影在湖底微微晃动，花朵让人直入梦境。

花影让查格姆想起了只在梦中逃避现实的大王妃和母亲的身姿。

母亲为了求得安宁，近来更加频繁地来到山之离宫。

待在"扇上"，每个来访的亲戚都会告诉母亲，三王妃又在说这说那；为了突出二王子，三王妃又非议查格姆太子……为了查格姆，母亲会认真倾听，拼命试图了解形势，但是她生来就不喜欢在人前背后说三道四，所以她应该非常痛苦难熬。

无聊！

查格姆有时会有一种大声呼喊的冲动。他想拔出刀来，把自己周围的混沌、污浊统统斩尽。如果能做到这点，那该有多么畅快！

只要百姓富足，生产出美好的物品，自由买卖，不再有争执，生活不再困窘，为国为政已经足矣。

但是为什么人类聚在一起就要互扯后腿，踩着别人的肩膀拼命往上爬呢？

母亲一日比一日憔悴，有心病是必然的。因为她每天都生活在恐惧里，害怕自己唯一的儿子不知何时会被人暗杀。

如果太子之位可以禅让，我随时都愿意把它让给二王子。

如果真能这样，该何等畅快！

但是国王的血脉来自神灵。长子在世却传位于次子将被称为"乌加大·凯伊姆"，也就是逆天而行，将会改变天地气运。所以除非太子死于事故或疾病，否则无法让出其位。

查格姆秀眉微蹙，在岩石上重重地击了一拳。

这时突然传来轻轻的脚步声。查格姆伸手握住了腰间的短剑，向声音传来的方向望去。在庭院的树木间闪过一个红色的身影。

查格姆扬起眉头，松开了握住短剑的手。

一个身穿绣金红衣的少女拨开灌木走了过来。平时应该由侍女高捧的裙裾此刻提在自己手里，所以少女走得有些踉跄。当她看到坐在岩石上的查格姆时，顿时满面喜色，小声叫道："王兄！"

"米修娜，你又偷偷溜出来了吧。"

查格姆无可奈何地说。

米修娜，也就是三公主，张开嘴笑成了一朵花。

二王妃的侍女们都说三公主的这种笑法过于豪放，是她们暗地里最引以为耻的仪态。可是，查格姆每次看到这张毫无心机的笑脸都会随着一起笑出来。

他会想起，在很久之前，米修娜在换门牙的时候也是这么张嘴大笑，惹得侍女们急忙劝阻："请公主殿下速掩尊口。"

王族之间，讲什么手足之情无异于痴心妄想，因为同父异母的兄弟，随时都可能成为争夺王位的敌人。

即便如此，查格姆还是从妹妹那里感受到了暖暖的亲情。米修娜也很喜欢哥哥，总是寻找机会背着侍女来见查格姆。

"小心，弄脏了裙裾，侍女们又要说你了。"

米修娜点头，把快要落地的裙裾又提了起来。

第一章 国王和太子

"王兄，从您那儿能看到湖吗？"

"能看到，你想看吗？"

说着，查格姆从岩石上滑下，把米修娜推了上去，让她坐在岩石上。

"看得见吧？"

"看得见。"

米修娜喜笑颜开地看着查格姆，声音里充满了兴奋。

三王妃一行应该刚刚抵达山之离宫。米修娜好像是刚到就赶过来了。

"你到底是怎么偷偷溜出来的？"查格姆问道。

米修娜小声说："托格姆殿下发脾气了，又闹得不可开交。"

米修娜虽然是姐姐，却总是称才满三岁的二王子为托格姆殿下，这或许是她母亲要求的。

"大家都围着殿下转呢，所以我就偷偷溜出来了。听说王兄来了，我猜肯定在这儿。"

查格姆苦笑。眼下侍女们正在慌里慌张地寻找失踪的公主吧。虽然她可能很快就会被她们带回去，但米修娜还是过来找自己，这份心意让查格姆很开心。

"王兄。"米修娜突然神色郑重地小声道。公主很少大声说话。虽然她天真开朗，却也有防范被旁人听到的细心之处。

"王兄还是快点儿回到宫里的好。"

查格姆惊讶地看着妹妹。

"为什么？"

"昨晚，桑加国王的使者到了'扇上'。正好外祖父来探望母亲，使者就是那时候出现的。我听到外祖父和舅舅他们商量，他们笑着说，太子如今在山之离宫，使者来得正是时候。"

查格姆一下子怔住了。

早晚会有正式的使者来通知查格姆。因为他已经完成"成人之仪"，作为太子有资格参与评议国政。但是当使者到来之时，或许重大决定已经做出。在国王认为情况紧急的时候，可以在太子缺席的情况下议政。

"谢谢你，米修娜。"

查格姆把妹妹抱了下来。妹妹的衣服上有股浓郁的夏拉香木的味道，与这个温柔善良的少女并不相称。更适合这孩子的应该是野花的清香。查格姆希望妹妹不用穿着如此沉重的宫服，而是能够享受到在旷野中尽情奔跑的幸福。

和米修娜分开之后，查格姆飞快地穿过庭院来到了母亲的寝宫。二王妃把手中的画册放在膝头，抬眼看着查格姆。她每次看他，眼里都闪着柔光。

"有什么事儿吗？"二王妃温柔地问道。查格姆小声把事情经过说了一遍。

她的脸色变得有点儿阴郁。

"是吗，但是我希望你千万不要与人争执。你的性格有些急躁，妈妈最担心这一点。"

母妃有些过于忧心了。查格姆心中叹息道，但是脸上却丝毫没有流露。

"是，母妃。那儿臣就告辞了，母妃您多休息。"查格姆站起身，飞快地说了一句，"我没关系。"

二王妃白皙的面庞上缓缓地浮现出微笑，查格姆也觉得心情开朗了一些。

成人之后，查格姆被允许佩带长剑，查格姆手扶剑柄，向母亲行了个注目礼，便踏出了房间。

二王妃心情复杂地凝视着儿子的背影。儿子的个子已经超过了国王，颀长高挑，但是背影中还是留着一些少年的纤弱。

查格姆坐上舆辇，摆出了通常返宫的架势，慢慢地走在回京的路上。

等到达"扇上"，天已经黑了，前来迎接的侍从告诉他议政已经开始了，但是查格姆并不在意。

那些为他的迟到而感到高兴的无聊家伙确实让查格姆生气，但事实上，查格姆对议政并没有太多的热情。

通知太子到达的横笛声响起，聚集在大厅里议论不休的人们瞬间闭上了嘴。

大门被推开，查格姆走进了大厅。

国王端坐在镶满了奇珍异宝的龙椅之上，而龙椅则被安放在高出两格台阶的龙椅阁中。

龙椅阁左右两侧有一排椅子，以圣导师为首，以下是大将军、副将军等组成的议政员依次而坐。因为议政员都是王公贵族，或是观星博士，所以国王并没有放下玉帘，而是与众人直面相对。

看到太子走进来，一众议政员都低下了头。

查格姆一进大厅，最先看到的就是铺在地板中央的那约罗半岛和桑加王国的地图。

踩着铺在地图边上的垫毯，查格姆一直走进龙椅阁，踏上一步台阶，站在王子之阶上向父亲低下了头。

"父王与众卿议政之中，多有失礼。儿臣刚从山之离宫返京。"

国王点头道："坐吧。"

查格姆坐下，环视了一下大厅，发现议政员都抬头望着自己。

若是往常，修加与太子四目相交时会面含微笑，今天他却神态严肃，这让查格姆心中一动。

修加坐在圣导师身边是理所当然的，但加凯和从未谋面的老观星博士居然也在场，这让查格姆有些意外，但自己晚到，自然不好发问。

国王用略带焦躁的声音命令道："书记员！将桑加国王的亲笔信函再念一遍。"

书记员深施一礼，站起身来，打开书卷高声诵读。

这是桑加国王写给新约格国王的亲笔信，听了数句，查格姆心中就涌起了几乎让他窒息的不安，因为信函的内容实在过于惊心。

桑加国王的信函文笔华丽，仿佛直闻其声。信中写道，桑加的主力海军在达鲁修帝国压倒性的军力下已不堪重负,在达鲁修军的猛攻下,战线已被压向北部,拉斯群岛等已落入达鲁修军手中。

桑加国王致函的目的是请求新约格王国派出援军。

桑加王国是阻断南北的王国壁垒。桑加国王强调,驰援桑加也就是挽救新约格自己。虽然他也发信向罗塔王国求助,但是新约格离桑加更近。桑加海军目前在雅鲁塔西海的卡鲁修群岛一带拉开防线,试图守卫都城,桑加国王希望新约格尽早派遣舰队前往。

书记员坐下后,大厅里鸦雀无声。

国王问查格姆:"是否该派舰队,太子以为如何?"

太子的外祖父、海军大提督托萨在心中咋舌道:"太子对迄今为止的讨论全不了解,国王居然提出这样的问题。"

所有人都望向太子,等待他的回答。查格姆开口道:"可否让儿臣拜读桑加国王的亲笔信函?"

国王微微一皱眉,摇动手指示意书记员将信函呈上。

接过书记员呈上的信函,查格姆仔细地重读了一遍,然后抬起头看着父亲道:"桑加王族来的信函难道只有这一封?"

国王点头道:"只有这一封,你为何如此问?"

查格姆用手指点点桑加国王的签名道:"除了桑加国王的信函外,儿臣有些奇怪为何卡丽娜公主没有写信来。"

厅里众人面面相觑。查格姆继续道:"桑加王国与我国不同,公主、王妃于国政更有影响力。父王明鉴,儿臣帮助桑加王族之时,卡丽娜公主保证,只要获得与新约格王国有关的重要情报,必然通报我国。但是局面如此紧张，卡丽娜公主却没有写来一个字，不免让儿臣心忧。"

国王苦笑，用教育幼子的口吻说道："我知道你与桑加王族交好。但这次是国王之间的信函往来，桑加国王的女儿给新约格国王儿子的私信没有夹杂其中，岂非理所当然？"

议政员中传来一片窃笑声。

查格姆心头火起，不由得咬住了牙，急促的呼吸让他难以平静地发声吐字，但查格姆最终还是拼命地忍了下来，道："儿臣惶恐。儿臣担心的并非此事。众所周知，卡丽娜公主迄今为止已有多封书信知会战况，近来却渺无音信，儿臣以为担心公主的恐怕不止儿臣一个。"

查格姆扫了修加一眼，期望得到他的赞同，但修加只是俯首不语。查格姆振作精神，接着说道："因此，儿臣以为这封信函多少有些古怪。"

国王平静地问道："太子的意思是说这是封伪书？"

"非也。署名确实为桑加国王的亲笔，并非伪书。"

"那太子所言又为何意？"

大厅里顿时充满了紧张的气氛。

王威如山，查格姆拼命地寻找措辞，他隐隐觉得这封信函确实有点儿古怪，但是苦于判断材料不足，查格姆既拿不准，也说不清古怪何在。

事实上查格姆拿不出任何一个决定性的结论来证实心中的疑惑，例如桑加王国已经向达鲁修帝国投降，正设下圈套准备让新约格王国自投罗网等。

"儿臣只是说,觉得有些不妥。"查格姆嗫嚅道。国王将视线从儿子身上移开,投向大厅中的众人。

"众卿皆有奏议,可还有其他奏闻?"

海军大提督托萨举起了手。

"臣惶恐,有奏陛下。臣以为,所谓应速派援军的说法……"

托萨的一番话让查格姆觉得自己脸上僵硬的表情渐渐放松,他的发言似乎是想让查格姆了解迄今为止国王与群臣之间议政的来龙去脉。

"最让臣沉吟难决的是桑加王国将舰船部署于卡鲁修群岛,如果舰船集结于望光之都近海一带,即便是陷阱,还有回旋的余地;而我军舰船一旦进入卡鲁修群岛,若再想掉头回航,恐怕要大费周章。"

陆军大将拉多突然厉声道:"如果心志坚定,只管驰援桑加军,一举击破达鲁修来犯之敌,又何来大军折返之忧?提督说若是集结于望光之都近海,还有回旋余地,是指万一是陷阱,都督将率大军直指桑加王都吗?"

托萨没有立刻作答。他面容清癯,虽然长年风吹日晒,但气质儒雅,虽是海军将领,却更有学者风范。与拉多言语带刺、咄咄逼人不同,托萨说话时字斟句酌,慢条斯理。

"臣以为,让对方心存忌讳,亦无不可。"

拉多摇头,斩钉截铁地说道:"如此做作,毫无意义。"

他抬眼望着国王道:"臣有一言,陛下见谅。臣以为,宜急遣援军。若是担心陷阱，那更应该派大军驰援，而非畏首畏尾，只派小股援军前往。桑加如果沦陷，达鲁修将获坦荡通途，直插我国。只有护得了桑加，才护得了新约格。因此，臣以为，只遣小股援军向桑加作施恩之态，绝不可取。只有大军杀到，大破达鲁修，才有意义。"

许多人连连点头。

托萨开口道："将军所言大军是指尽遣王国海军主力？"

拉多浓眉紧缩，盯着托萨道："不错。如果提督自信不遣主力也可大破敌军，那又另当别论。"

托萨微微摇头道："如果这是桑加和达鲁修联手设下的圈套，又该如何？海军主力如遭重创，王国海疆危在旦夕。"

话音未落，拉多道："这不需大提督担心。到那时王国陆军自会封锁港口，凡驰马可过的街道也将尽设关卡。"

托萨皱眉道："封锁港口，大将军是指要采取锁国的策略？"

"不错。大提督尽可以放心。王国陆军精锐为我神圣新约格王国之坚盾，绝不允许来犯之敌踏入一步。"

"闭关锁国确实可以抵御敌军攻势。但请问大将军，闭关至何日？锁国至何时？航路封锁，贸易不继，国力衰竭，又当如何？"

托萨的一番话让大厅里陷入难堪的沉默。

查格姆默不作声地听两人唇枪舌剑，因为修加一直告诫他在这种场合千万不可锋芒毕露。

但是查格姆心中焦躁不已。

闭关锁国，此话当真？拉多真是这么想的话，那他就是个愚不可及的蠢货。

外祖父托萨也着实有趣，为什么还用人人皆知的道理回应拉多的蠢话？有那个闲工夫，讨论些正事不是更好！

想必托萨也已经意识到了。如果桑加与达鲁修相互勾结，有意攻打新约格，那么守护新约格的方法只有一个。

所有议政员都保持沉默，没有一个人吱声。看着眼前的群臣，查格姆终于忍无可忍。

他猛地扬起脸，看着自己的父亲。

"父王，如果把海军派往桑加，不如考虑增加守卫国土的坚盾如何？儿臣认为，应该向罗塔王国和坎巴王国派遣使者，缔结同盟。"

群臣仿佛安了弹簧般地一齐抬头。

拉多怒气满面地站起身道："恕老臣无礼，太子殿下的意思是我国陆军不足以成为护国坚盾？"

国王抬起右手，示意拉多少安毋躁。等拉多坐下，国王转头看着查格姆道："太子是说不借他国之力就守不住国门？"

大厅里鸦雀无声。

看到父王眼里充满了怒火和憎恶，查格姆吃了一惊。他没想到父王会如此愤怒。

查格姆虽然感到口干舌燥，但他还是正视着国王道："不是借力，而是作为盟友互帮互助。新约格、罗塔和坎巴如能成为相互鼎力支持的盟友，即便达鲁修来袭，也未必会输给他们。"

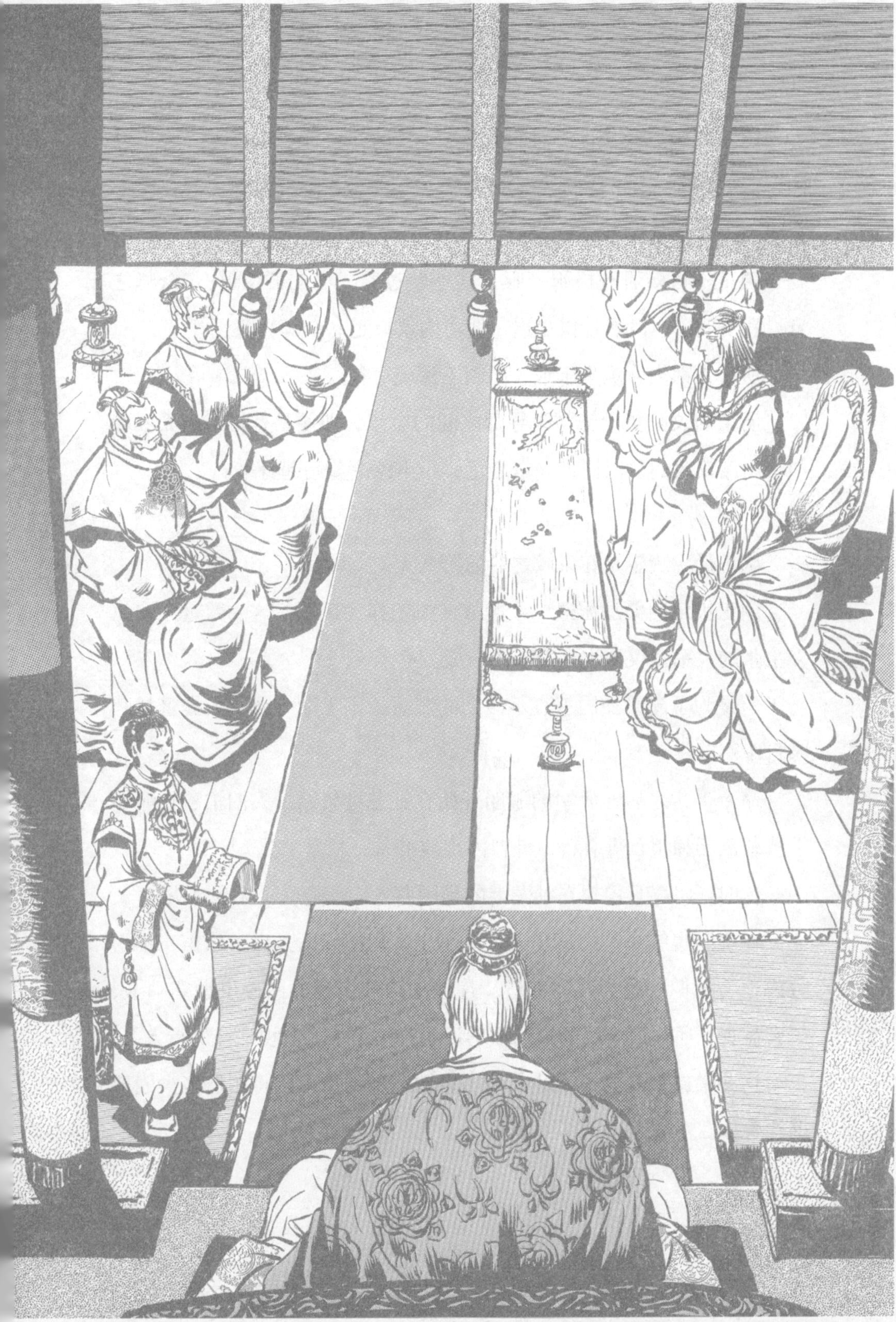

国王眼中怒火熊熊，他低声道："我的儿，你要记住了，天佑吾国，若他国前来求助，吾等必施援手。但是我国既受浩荡天恩，绝不会向别国摇尾乞怜。"

国王不再多看查格姆一眼，猛地转过脸，面向群臣道："众卿之意，我已明了。既然计谋尽出，便由内议决定。众卿辛苦。"

所有人都离席跪坐于地，向国王深施一礼。

所谓内议是指国王与圣导师之间的会议，即便是查格姆也无权参与。出席议政的群臣面带兴奋之色，小声议论着站起身来。

国王做出决定是在议政之后的第三天。

国王决定向桑加派遣二十艘战斗帆船作为援军。这一数量并非拉多主张的大军，仅为主力部队的三成。

但是为了向桑加国王表示援助的诚意，国王命令海军大提督托萨亲自率军前往。

命令下达之后，海军的舰船开始在虬龙港集结。人们忙着往舰船上装载武器和粮食等装备，港口因出航准备一片繁忙。

这时，将船只停靠在虬龙港的异国商人们却遭受了无妄之灾。

在决定集结海军的那一天，海军士兵们把商人轰出了旅馆，不由分说地将他们驱赶到其他港口。连接港口和街道的门楼也设立哨卡，严密盘查。通往海岸线的道路上增设了许多哨卡，监视来往的行人。

这些措施都是为了不让其他国家知道新约格王国将派遣多少舰船前往桑加。

不过，消息传递的速度远远超过人们的想象，商人们最先得到了虬龙港被封锁的消息，其中有些人在封港之前已经将船只移往其他国家，也有人提前组织了车马队，穿过门楼远去。

几个桑加人混在商人的队伍中，通过了门楼。

投宿于虬龙港一带客栈的桑加公主密使也看准时机踏上了前往光扇京的旅途。

3 破裂

黎明前的昏暗略带着一丝幽蓝，查格姆在梦幻与现实中徘徊，仿佛在碧波中漂荡。

这种感觉，似曾相识……

心头突然涌现出一股欲归何处的空虚。

去往何处？欲归何处？向一片湛蓝中不停地跌落下去，就能回到故乡吗？

寝室外的呼唤声让查格姆猛地睁开眼睛。

自己似乎在睡梦中哭泣，查格姆伸手抹去了从眼角流向耳边的一道清泪，坐起身。

"怎么了？"

少年近侍林的声音听上去有些踌躇："扰了殿下清梦，奴才惶恐。启禀殿下，桑加王国的萨鲁娜公主遣来的密使方才快马赶到，说是有十万火急的要事要禀奏殿下。只是殿下尚未起身，只恐惊扰了殿下……"

查格姆跳下床，打断了近侍："立刻传密使到客间等候。快拿我的衣服来。"

每月第一天，国王都会在黎明时分起身，从位于宫殿深处的涌泉汲取月立之水，这已成了一个仪式。

这一天的早晨也同样薄雾缭绕，国王一身素白，面向泉水而立。岩缝中喷涌而出的泉水清澈透明，碧绿的苔藓承接朝露，散发出浓郁的清香。

国王将白木勺伸进泉水中，接了一勺月立之水，一边祈祷五谷丰饶，一边将泉水洒向周遭。四散的水珠折射着日光，熠熠生辉。

冬季的朝阳给国王白皙的面庞镀上了一层光膜。国王闭目祈求神灵加护，在阳光的印染下，眼前似乎一片血红。

——祈求天神祖先保佑指引。在这多事之秋，不要让我误入歧途。

国王此时总可以感到神灵之力充满全身，那是一种让自己的身体足以承担国运、背负重责的力量。

吾乃神灵之子，引领国家之力乃神灵天授。心之所思乃神灵所想，绝无谬误之虞。国王感受到的就是这样的自信。按照习惯，国王还会用小桶打一桶水回去煮粥，然后和圣导师分食。等国王打满水，随行的侍从拎起水桶跟随国王返回宫中。

不过，今天的粥并不是两个人的分量，而是五个人的分量。

候在面向东面庭院的晨至殿的三名见习圣导师还是首次接受国王赐粥，他们神色紧张地等待膳食监传粥。

过了一会儿，早餐传到。晨至殿内不但充满了米粥淡淡的清香，佐粥用的澄茶也散发出宜人的芬芳。

众人刚刚喝完粥，走廊里就传来一阵喧嚣。

国王皱眉望向走廊。

"何事惊慌？"

晨至殿与走廊之间隔有一道白底绘绿色丛林的纸门，侍从隔着门答道："启禀陛下，查格姆太子殿下有十万火急的要事求见。"

国王眉间紧锁，叹了一口气道："宣。"

纸门一开，端坐在走廊上的查格姆深施一礼，然后站起身，快步走到国王身前。

随着查格姆进入晨至殿的还有一股清晨的冷风。

查格姆在国王面前跪坐，又行了一个叩头大礼。

"惊扰了父王的月立之粥，儿臣惶恐。只是事出紧急，刻不容缓，还望父王海涵。"

国王从容不迫地问道："刻不容缓，从何道来？"

"今晨，桑加王国的萨鲁娜公主遣使至儿臣处。"

查格姆从怀里掏出一份文书，递呈国王。文书上的封印已经揭落，国王打开纸卷，迎面袭来一股异国的花香。

国王微收下颌，似乎要躲避花香，然后开始阅读文书，只读了片刻，国王的脸色便开始阴晴不定。

读完文书，国王抬起脸，看向圣导师道："但看无妨，爱卿以为如何？"

圣导师上前接过文书，然后又看了看封印上的蜜蜡，喃喃道："没有用印啊……"

圣导师开始读信，文章是用约格文字书写的，但字体娟秀，完全不像是异国人的笔迹。

圣导师读完信向查格姆道："太子殿下，是否容臣等传阅？"

查格姆点头，圣导师把文书交给了三名见习圣导师，只见信中写道：

　　查格姆太子殿下亲启。您曾救我国于危难之中，由衷感谢。可是眼下我国再度面临巨大的危机。我相信贵国一定会再向我们伸出援手。我国需要贵国的帮助。

　　但是，有时向溺水者伸出援手的人或许也会被拖入深深的水底。过去我们曾像两只落入掌心的雏鸟，殿下把我们庇护在自己的翅膀之下。殿下的大恩永远铭记在心。我的姐姐和兄弟们也没有忘记殿下的恩情。我们现在所做的只是尽力寻找一条正确的航路，不让国家沉沦。

　　查格姆太子殿下，即便航船被暴风雨吞噬，也不要为我们悲伤。勇敢的水手会坚持到暴风雨在我们头顶掠过，会等待风和日丽那一天的到来。桑加的海之男人会保护他们。

　　我祈祷自己倾尽全力的感恩能结出些许果实。

很长一段时间里，谁都没有作声。

刚被指名为圣导师见习的奥兹尔摇了摇斑白的头，自言自语道："完全不明白这封信要说什么。"

国王面露难色地看着圣导师。

"爱卿以为如何？"

圣导师望向查格姆。

"臣想先听听太子殿下的意见。殿下以为如何？"

查格姆目光炯炯地回答道："首先，儿臣认为这封信确实来自萨鲁娜公主殿下。因为'过去我们曾像两只落入掌心的雏鸟'这一段是只有我和修加才明白的措辞，修加，你说呢？"

修加也点点头。

修加把查格姆太子曾经搭救萨鲁娜和塔鲁桑的经过向众人做了一个说明。看到所有人脸上都浮现出了恍然大悟的神情之后，查格姆道："父王，儿臣以为这封信或许是来自萨鲁娜公主的警告。"

他用手指点着信中的字句，飞快地说道："'但是，有时向溺水者伸出援手的人或许也会被拖入深深的水底。'这句或许是指桑加军已被达鲁修军控制，为了保住自己的性命，桑加军或许已设下陷阱。"

国王表情阴郁，盯着信函一言不发。

加凯迷惑不解，翻着眼睛看看查格姆，又看看国王。

"恕臣大胆，臣有些疑问。"

国王点头，示意他继续。

加凯舔舔嘴唇，低下头说道："如果桑加王国已经被达鲁修帝国控制，甚至不惜设下圈套，那么公主又为何会向太子殿下发来信函？身为桑加王国的公主，又怎会做出置国家安危于不顾的举动呢？殿下救桑加王族于水火的壮举让微臣十分敬佩。不过，恕微臣无礼，试问向来以刚毅闻名的公主又怎会因为曾经的恩义，发来或许有损国家利益的信函呢？"

在加凯旁边的修加身体一颤。他眼望国王，请求发言。

国王点头后，修加静静地说道："臣以为，这才是密函现在送抵的原因所在。"

国王有些惊诧地皱眉问道："爱卿此言何意？"

"臣以为，公主有意安排这封信函在我国海军出发之后才送到。"

修加语调沉稳地继续说道："微臣曾与萨鲁娜公主当面交谈。微臣不认为公主会为了私情损害王国的利益。桑加王国已处于必须构陷新约格王国海军的境地，而公主自然不能送出让陷阱失效的密函。但是，另一方面，公主也因为对查格姆太子殿下心存感激，不想背信弃义，坐视不理。"

查格姆看了一眼修加。

"臣以为，这是萨鲁娜公主唯一可以做到的致歉方式。"

查格姆深深点头，信函散发的花香让他想起萨鲁娜褐色的大眼睛。那双清澈透明的眼睛仿佛直视着自己，查格姆又好像听到了萨鲁娜被逼无奈、祈求自己原谅的声音。

"致歉？这封信里哪有半点儿致歉的意思？恕臣愚钝，懵懂不知。"奥兹尔紧皱粗眉说道，"微臣只看到公主在信中致谢，致歉云云不知从何说起。"

查格姆探出身子，语气热烈地道："父王，儿臣之所以匆忙赶来，理由正在于此。萨鲁娜公主在我舰队落入陷阱之前，送来了这封密函。如果只是致歉，那在我国舰队中计之后再说也不迟。公主的密函正是向我国舰队发出的警告！"

修加脸上掠过一丝不安。他觉得倒也未必如此。

桑加公主对执政者的性格十分了解。所谓执政者就应当令行禁止，当断则断。

尤其是新约格的国王一旦做出决定，就绝不允许自食其言。国王圣谕乃天神意旨，即便有所失误也不可指摘。

身为国王，只能为自己所做的决定自圆其说。正因为熟知这一点，萨鲁娜公主才送来了这封致歉信。信函的最后四行暗示公主有意通过其他方式报恩，这与太子的猜测有所不同。

但是这种报恩方式，国王未必会接受。

修加甚至希望国王没有注意到最后四行中隐含的意义。

查格姆无暇顾及修加的表情，探身对父亲说道："儿臣拜求父王，

切不可无视警告。"

国王沉默了片刻，凝视着儿子涨红的脸颊，做了一个侧首不解的神情。

"太子此言究竟要我如何？"

查格姆惊讶地瞪大了眼睛，一时间无言以对，他没想到，国王竟然会做出这种无所谓的回答。

"既然知道这是陷阱，还请父王迅速下旨，召回舰队……"

国王紧盯着查格姆，眼中全无感情。查格姆觉得自己心中涌动着异样的暗潮。

这是他在嘲笑查格姆幼稚时的表情。

国王用跟孩子说话的口吻，缓缓地说："我也考虑到或许是个圈套，所以只派了三成海军前往。但如果真是圈套，那就是桑加的宣战布告。届时，我将昭告天下，桑加王国乃卑劣一族，吾国承天下大义，两国正式开战。"

查格姆觉得颈后一片冰凉，他微张着嘴，看着父亲端正白皙的面庞。

"我已下旨给托萨，如果发现是陷阱，尽可能在不折损兵力的情况下返航。"

国王的声音仿佛回响在天际。

既然身为海军大提督，外祖父托萨确实应对此负责。

但是，查格姆注意到父王在说出这番话时，眼里闪过一丝愉悦。

父王是为能借机铲除异己而高兴。

查格姆一下子觉得四周模糊起来，他感到浑身冰凉。

一瞬间，查格姆看清了很多。

外祖父托萨是查格姆最大的后盾。

查格姆行过元服之礼成人之后，便开始参加议政。此后，托萨支持查格姆的姿态便十分鲜明。作为一名沉着冷静的武将，托萨此前并不积极参与政事，修加无意间曾透露过，托萨的变化才是导致暗中支持太子的势力大增的原因。

外祖父的举措让父王心神不定，对其逐渐疏远，查格姆对此并非一无所知。

但是外祖父德高望重，又是出过多名嫔妃的名门哈尔苏安家的一家之主，以无中生有的罪名加以铲除并非易事。

对于父王来说，这次无疑是天赐良机。

对方摆下了什么样的阵仗现在还不清楚，但托萨绝不会让自己率领的舰队全军覆没。但是一旦落入敌人的圈套，即便只是折损了一艘舰船，托萨全身而退，也保不住大提督的位置了。

父王为此而感到高兴。他毫不心疼会失去德高望重身居海军要职的大提督，只会为碍眼的泰山大人垮台而高兴。

查格姆眼前仿佛浮现出母亲苍白的面庞。

如果母亲知道这些，她会多么悲伤。但父王会想到母亲吗？会为母亲的悲伤感到一点点内疚吗？

查格姆思绪万千，最后一个念头，更让他痛彻心扉——

父王，您如此痛恨孩儿吗？

国王嘴角的浅笑，微蹙的双眉，教育无知儿童的眼神，此刻都给查格姆带来一种强烈的呕吐感。

查格姆的余光感到修加正在注视着自己——他正在以祈求的目光注视着自己，希望自己忍耐。

但自己已经忍无可忍。

积蓄已久的情感如决堤一般汹涌而至，查格姆咬紧牙关瞪着国王，眼泪不争气地滚滚而落。

"难道明知是陷阱，父王也不愿意为外祖父动一根手指头吗？"

国王的眼神因惊讶而瞬间扭曲，又迅速扩散为愤怒。

"大胆！莫不成太子眼里已经无父无君了吗？"

查格姆大吼道："如果您还是一国之君，还是查格姆的父王，就不要做出那种为自己岳父垮台而庆幸的卑劣行径！"

晨至殿的气氛降至冰点。

查格姆此时觉得即便被父王当场击杀也无所谓了。

如果父王拔剑，自己也当拔剑相迎。

查格姆泪流满面，浑身颤抖地瞪着自己的父亲。

突然一声让周围为之颤动的巨吼响起："退下！"

圣导师起身，紧盯着查格姆。

查格姆眼中怒火熊熊，睨视着圣导师，全然没有后退的意思。

"很好。"

突然，国王吐出两个字，他在僵硬的脸上挤出一丝笑容。

"太子似乎要向自己的父王讲授帝王之道。太子的意思是比我还像一个明君。"

国王冰冷的声音让修加为之一颤。

查格姆殿下，万万不可……

查格姆太子终于犯下致命过失。

国王脸上笑意不减，道："查格姆，既然你如此英明，不妨就把这件事交给你，由你来救回你的外祖父。"

众人都倒吸了一口冷气。

国王全然无视众人的表情，面带笑容地看向圣导师。

"命太子前往雅鲁塔西海。太子曾守护水精灵，难怪民众将其称为圣祖特尔盖尔大帝转世。"

圣导师不露痕迹地向前一步，挡在了国王与修加之间。

修加刚想起身，表示自己愿意随同太子前往，圣导师已经察觉了他的用意，用自己的举动告诫修加不要妄动。

看到圣导师宽阔的背影，修加发觉自己突然站不起来了。

想搭救太子的迫切心情，仿佛被一层冰冷的棉布包裹阻隔，逐渐转为冷静。

时机未到，不可妄动……修加脑海里浮现出许多眼下必须采取的行动。

修加面不改色，一动不动地低头不语。

第二章

陷阱之航

查格姆把船上生活的每一天都写成长长的书信。这是写给母亲的信，因为直到出发查格姆都没有机会和母亲好好地告别。

　　生命即将终结固然可怕，查格姆心底却有一种不可思议的轻松。

1 航海

　　走上甲板，湿重的海风吹拂着头发。

　　承受海风的船帆鼓得满满的，发出啪的一声响。耀眼的白帆在蓝天下滑动前行。

　　查格姆眯起眼仰望蓝天。湛蓝的晴空无边无际。

　　"您休息得怎么样？"

　　或许是看到了查格姆，托萨大提督走上甲板来到查格姆身边问道。

　　"睡得很香。"

　　查格姆依旧眯着眼，仰望着外祖父。这一年，查格姆的个子长得很快，但是在高大的外祖父面前，他依然得稍稍仰头才能看到外祖父的面容。站到甲板上，外祖父的身材更加引人注目。海风吹乱了他银白的头发，他却纹丝不动。查格姆还是头一次看到外祖父的这般英姿。

　　"比在宫里的时候睡得香多了，海浪声对我来说就像摇篮曲。"

托萨微笑着说道:"我听说船到了外洋您也几乎不晕船。我很高兴殿下身上有我的血脉啊。"

当查格姆乘坐航行迅速的小型帆船和补给舰队一起赶上大军时,托萨惊诧莫名。查格姆向他说明了前因后果,告诉他国王命令自己与他同舰,辅助托萨。托萨听完,脸色煞白,跌进椅子,半晌一动不动。

但查格姆和托萨脸上都看不出一丝阴云。

那感觉就像断线的风筝瞬间冲上云霄一般,是一种奇妙的解脱感,抑或是一种一定要把舰队从陷阱中拯救出来的使命感。

不过,即便舰队得救,查格姆和托萨都已经没有未来。他们或许已经无法活着回到故乡。

查格姆身旁有来自禁卫军"国王之盾"的两名护卫,一个名叫晋,另一个名叫永,都是查格姆自小熟悉的人。两人武艺高超,曾收到国王之命试图暗杀查格姆,也曾奋不顾身地救护过查格姆。

查格姆很清楚两人属于别名为"猎犬"的刺客组织。国王让这两人跟着太子,或许是不加掩饰地告诉查格姆自己与其已经恩断义绝。

两人是武艺高强的刺客,在无处躲藏的船上,查格姆要想从两人手中逃脱,可以说毫无可能。晋和永曾经救过查格姆的性命,但国王的命令就是神明的旨意,他们是绝对不会手下留情的。

但是,查格姆和托萨在赴死之前还有必须完成的任务,那就是让无辜的海军士兵和查格姆的侍从,也就是与他同船航行的近侍林返回故乡。

查格姆已经不想再让任何一个人卷入自己的厄运之中。

舰队和桑加军在卡鲁修群岛会师之日，应该就是晋和永的动手之时。因为当舰队落入桑加军设下的圈套之后，晋和永就可以找到让太子在混乱中丧命的机会。

查格姆此时觉得自己的躯体仿佛是空的，心情莫名地开朗，身体无比轻盈。

就连行船掀起的白色波浪看上去也美不胜收。两侧船舷时不时有鱼儿跃起，露出银色的肚皮，这也让查格姆欣喜雀跃。

"如果修加也在就好了。"查格姆突然想。

"他一定会告诉我每条鱼是什么品种，可以卖多少钱，渔民又要缴多少税……"

查格姆的眼里突然涌出泪水，来不及擦拭就顺着脸颊滑落，又被海风吹干。查格姆扭过脸，不想让外祖父看到自己的泪水。

修加告诉自己的一切都将毫无意义。

想到这里，查格姆突然感到了自己的幼稚——被愤怒冲昏了头脑，犯下了愚蠢的错误。他不由得咬住了自己的嘴唇。

父亲的所作所为卑劣肮脏，所以查格姆不认为自己有什么不应该，但是眼下，他不得不面对自己轻率鲁莽带来的后果。

当时修加一定在心中焦急地呼喊："查格姆殿下，万万不可冲动。"

不，查格姆只是终于做出了自己冥冥之中一直预感着的会做而未敢做之事。

虽然有时不禁后悔，心想或许有重来一次的机会，但有时候，后悔也无济于事。

查格姆深深地吸了一口气。

事已至此，叹息又有何用？

虽然这样想，查格姆仍然觉得那种空壳般的感觉并没有消失。

"殿下会游泳吗？"

托萨很突兀地问了一句。

查格姆嘿嘿一笑："浮在水上能划两下。小时候在山之离宫有人教过我游泳。"

托萨点头道："在海里游泳和在湖里戏水可不同。一旦掉到海里，拼命扑腾向前游反而会消耗体力，倒不如就浮在水面上。卡鲁修岛周围分布着许多大小不同的岛屿，还有岩礁，海流十分复杂。因为航行困难，所以很有可能会撞到岛屿或岩礁上。"

查格姆神情严肃地听外祖父讲解。在这艘船上实行暗杀，最好的方法就是把人推落大海。

托萨把他知道的所有落海后死里逃生的方法一一详细地讲给查格姆听。听着听着，查格姆突然想起了萨鲁娜公主在桑加告诉他的故事。

等外祖父的话告一段落，查格姆低声说："以前我曾经说过一个少女只身从拉斯岛驾船前往望光之都的故事。"

托萨皱眉道："都是胡编乱造的吧。那可不是一个少女可以独自航行的距离。"

查格姆摇摇头："是真的。听说那是个平民的孩子，她是拉夏洛人。"

"拉夏洛人？噢，我想起来了。"托萨微笑着说，"那些生在船上、死在船上的人或许可以做到。"

"你见过那些人吗？"

"见过几次。有时他们也会出现在那约罗半岛南端的渔村。对他们来说世界是没有国界之分的，只要漂在海上，他们可以去任何地方。"

查格姆望着面前的海洋，一望无际蔚蓝的海洋。

"对他们来说世界是没有国界之分的。"外祖父的这句话一直回荡在查格姆的耳边。

不久之后，舰队就驶进了桑加的海域。

查格姆不顾炎炎日晒，贪婪地望着在波涛另一侧出现的无数岛屿。

或许是因为水比较浅，岛屿周围的海水呈透明的绿色，这让岛上白色的沙滩和翠绿的丛林更加醒目。

气温一天比一天高，查格姆像其他水手一样脱掉了外套，只穿了一件薄麻上衣和半长的裤子。

其实依着查格姆自己，套一条半长裤就足够了。不过外祖父苦苦规劝，比如太子着装不可以过于随便、烈日暴晒不利于健康，等等。查格姆只好勉强听从，穿了件上衣。烈日暴晒云云或许还有道理，但因为是太子不能着装不妥,这样的理由查格姆则认为在船上并不成立。因为水手们都相信,如果平民去看王族的眼睛,那么平民就会变瞎。所以查格姆在甲板上的时候,周围几乎空无一人。

就算有事要靠近,水手们也低垂双目,绝不敢看查格姆。而近侍林又说看到波涛荡漾的大海晕船更厉害,所以一直躺在舱室里。

"就算我脱得赤条条的,应该也没人会发现吧?"

想到这里,查格姆觉得很好笑,便一个人笑了起来。

水手们不敢看查格姆,查格姆倒是把他们的一举一动瞧了个仔细。看到他们手脚麻利地干活,查格姆感到很羡慕。他想,如果能像水手们一般自由生活,那该多好。

外祖父仿佛看透了查格姆的心思,就像教育一个新水手一样,教他白天通过观察太阳和岛屿的位置、晚上通过观察星辰来判断行船的位置。

查格姆把船上生活的每一天都写成长长的书信。这是写给母亲的信,因为直到出发查格姆都没有机会和母亲好好地告别。

生命即将终结固然可怕,查格姆心底却有一种不可思议的轻松。

迄今为止,他一直怨恨自己为何生在王室,想到再也不用过宫中的生活,查格姆觉得仿佛是挣脱了一道沉重的枷锁。

一死了之的轻松或许是一种耻辱。

但是年复一年,不仅缠身的俗事与日俱增,攀附投靠的人也越来越多,这让查格姆感到日渐窒息。

查格姆越成熟,新约格的缺点和扭曲之处在他眼里就越明显。每当他提出必须做出改变时，父王和老臣们就面露嫌恶之色，不让他有所作为。

那些将希望寄托在查格姆身上的人也屡屡不得父王等人的欢心，处境艰难。

每次想振兴国家、奋力而起的时候，所有好的苗头都会被扼杀在摇篮里。越挣扎，身上的绳索就收得越紧。

"总有一天会是你的天下。不要焦急，不要放弃希望，等待那一天来临。"

这是修加经常规劝他的话。但对于生来疾恶如仇的查格姆来说，忍辱负重、只待将来的做法是一种无尽的痛苦。

所见所闻都让查格姆焦躁不安，都在侵蚀他的心。他就像一只被关在小盒子里的甲虫，不停地盘旋飞舞，不停地用力撞击四周，试图找到一个根本不存在的出口。查格姆已经被自己内心的焦躁逼到了死角。

母亲、外祖父和修加从心底里关心着自己，查格姆不想看到他们伤心。这是查格姆每每想自暴自弃、放纵不拘时唯一可以压制自我的理由。

但是，终于，破裂了。

最终，我还是让他们伤心了。

查格姆甚至没能留下一封书信，感谢修加多年来的教导与扶持，因为查格姆的书信只会让修加的处境更为尴尬。但是查格姆想给母亲写信，想让母亲的悲伤得到哪怕些许的缓解。

一天晚上，有人似乎有些迟疑地敲打舱室的门。查格姆醒了过来。

"殿下。"

这是外祖父的声音。查格姆揉着眼睛，坐起身。一直坐在门边椅子上打瞌睡的近侍林赶紧站起身，用眼神询问查格姆该怎么办。

看查格姆点头之后，林才打开了门，让托萨进屋。

"殿下已经安寝了吗？恕老臣失礼。"看到查格姆打算下床，托萨有些不好意思地说。

查格姆摇头道："一整天都在太阳底下吹海风，早早的就有些困了。不必介意，有事尽管叫醒我，没关系。"

"也不是什么急事，只是海上有些难得一见的景观，想禀告殿下，殿下可愿前往观览？"

查格姆眼睛一亮："那是一定的。"

在林伺候查格姆穿衣的时候，查格姆回身道："既是难得一见的景观，你不去看看吗？"

林面有难色地道："微臣还是……"

这个孩子一看到波涛汹涌的大海就恶心作呕。

"那好，你不用等我，自己先睡吧。"

林毫不掩饰自己的喜悦："多谢殿下，微臣遵旨。"

查格姆把林留在了舱室内，跟着托萨来到了甲板上。

查格姆以前也曾好几次在日落后登上甲板，但从未看见过如此晴朗的夜空。月近盈满,洒落的光辉甚至有些晃眼。甲板上仿佛镀了一层白霜,发出淡淡的光芒。

许多水手探出身子向船首张望,海风中夹杂着他们的低声议论,声音中充满了兴奋。

"请随我来。"

托萨把查格姆带到了没有水手的上层甲板。

托萨微笑着用手指指海洋。俯首一看,查格姆禁不住吸了一口气。

舰船周围的海洋闪烁着蓝中带绿的光芒,这是一种不可思议的光芒,仿佛海中点燃了青蓝色的火焰。

青蓝色的光芒亲吻着船舷,每当微波翻卷便更增亮度。船尾掀起的航迹也像一条光带般摇曳荡漾。

仔细一看,黑暗的海中到处都像是有火球在燃烧,拖着一条青蓝色的光影。整个海洋仿佛是无数流星划过的夜空。

眼前的情景虽然令人兴奋,但也有些让人恐惧。

"这光到底是……"查格姆喃喃地说。

托萨轻声回答道:"这是夜光沙虫,但很少会有如此大群出现。"

"夜光沙虫?"

"这种虫子只要碰到移动的物体就会发出青蓝色的光。它很小,就像沙砾一般。据说拉夏洛人用这种虫在晚上钓鱼。"

"那些像火球般的东西又是什么?"

"应该是大群的鱼在游动吧。依附在鱼身上的夜光沙虫发光,所

以看上去像是火球。约格的渔民把它叫作乌罗拉斯拉，也就是海流星。据说，看到海流星就要拍手，这样会有幸福降临。"

这时，查格姆感到有什么温热的东西在触碰他的脸颊。突然，他的耳畔嗡的一声响，仿佛整个人钻进了水里，外祖父的声音变得格外遥远。

查格姆感到眉间出现了光亮，仿佛有人在诵读着什么。

这不是人声，是他从小就熟知的那种悲伤的感觉，是那种想归去远方的感觉。

鼻端传来了熟悉的气息。仿佛是雨过天晴，空气里充满水的气息，新鲜而强烈。

是纳由古的水的气息。

刚意识到这一点，查格姆觉得自己的身体仿佛分成了两半，被扑面而来的琉璃色的水吞噬了。

船和人在一瞬间都被琉璃色的水覆盖，耳畔像是有无数的铃铛一起摇动，发出清脆的声响。

琉璃色的水像是被日光晒过般温暖，无数雪花般的细屑在空中浮动。

查格姆抬眼望去，眼中的光景让他动弹不得。

头顶的苍穹中有一条光河蜿蜒浮现，仿佛擦着桅杆。就像是流经天界的星河，无数道熠熠生辉的光河由南向北缓缓地流动。

仰望片刻之后，查格姆像是发现了什么，不由得瞪大了眼睛。

那不是河，而是集群。

形状各异的物体，闪着光汇聚在一起，缓缓地向北移动。

宽广的纳由古海上，无数道光流由南向北移动。

查格姆耳边立刻响起了类似铃声般清脆的声响，他回过神来定睛一看，眼前出现了熟悉的身姿。

水草般的头发随风飘荡，鱼一般的眼睛和嘴巴一张一合。那人正看着自己。

那是约纳·洛·盖伊——水之居民。

一阵咕噜噜的声音随着水传来。

春天。

不知不觉间，许多水之居民摇摆着身躯凑了过来。

春天。

奔涌的喜悦像是无数的水泡把查格姆包裹起来。

"殿下！"

耳畔传来外祖父的呼喊，查格姆猛地抬起头，分成两半的身体倏地重新合为一体。就像泡沫破裂般，纳由古的场景瞬间消失。

查格姆大口喘息着，抬眼看着外祖父，汗水瞬间涌出，清凉的夜风拂身而过。

"您怎么了？"托萨脸色铁青地望着查格姆，"刚才您像是座雕塑般一动不动。"

好不容易调匀了呼吸，可以发出声音之后，查格姆才小声说："对不起，吓到你了。我现在已经没事了。"

不知何时，夜光沙虫的光芒已经暗淡了许多。查格姆知道他在纳由古逗留的时间远比自己所感觉的时间要长得多。

水之居民的报春之声仍在耳底回响。

纳由古已经迎来了春天。

想到这段时间故乡盛传的天生异变之说，查格姆不由得笑了。

如果能把刚才的事告诉修加和唐达就好了。

每次看到纳由古，查格姆都有悸动的感觉。他用手按住胸口，想让自己沉静下来。纳由古会给他带来依恋和回忆。那是唯一一次，查格姆挣脱王子的牢笼，感受到幸福的幼时回忆。

不知多少次，查格姆抑制住了自己想返回纳由古的冲动。

查格姆仰望夜空。

到最后一刻就无须再忍，就可以扔掉这具皮囊，幻作幽魂，化入琉璃色的水中了。

2 群岛之网

看到卡鲁修群岛的形状之后，船上的人都感到震惊甚至哑口无言。

许多奇形怪状的岛屿就像连接海天之间的巨柱，高耸入云。

但在查格姆看来，群岛看上去就是不祥的陷阱。

"岛屿之间的间隔如此狭窄，舰队通过时会不会很困难？"

查格姆仰望着外祖父。托萨点头道："浅滩很多，海流的方向也因潮流复杂多变。如果把船隐藏在岛后，很容易做到攻其不备。对于桑加人来说，这里就像是自家的花园。他们很清楚该如何操船，结果会怎样。"

托萨苦笑着对查格姆说："对方要我们派援军到卡鲁修群岛，因为我们曾经看到过群岛地形，一开始就觉得其中可能有诈。我也曾面奏陛下，不过陛下说，陷阱与否并不重要。我顿时就明白了，这只不过是两国之间的一种礼仪而已。桑加国王把我们叫到这儿来，或许不过是想让我们看看实力。如果真是有意使计,一定会选一个更不张扬的地点吧。"

托萨远眺着群岛,低声说:"在雅鲁塔西海长大的海之兄弟最为骁勇,连这样的海之兄弟都无法在自己的故乡之海获胜,足以说明达鲁修帝国拥有的实力有多么强大了。"

查格姆脸色铁青地仰望着外祖父。

"如果桑加已经陷落,那么我国……"

托萨的表情依然严峻,他沉默了片刻,开口道:"应该可以固守一段时间。用海军守住港口,就像拉多大将说的那样,采取完全锁国的策略,应该可以守一段时间,不过,被攻破只是早晚的事。"

就像被逼到墙角,只有缩手缩脚,抱头挨打。

查格姆感到一阵绝望。

在宫中与群臣议论之时,查格姆并没有这种感觉,但此时他觉得就像沙雕崩塌般绝望。

看到查格姆的表情,托萨语气温和地说:"殿下,我们在海上防御方面考虑了很多应对达鲁修之策,您愿意详细了解吗?"

查格姆抬起眼,点点头。

"当然,请详细告诉我。"

托萨微笑道:"那我们到舱室一边看海图,一边讲吧。"

从艳阳高照的甲板进入船舱,一时间眼前昏暗一片。

托萨熟练地将海图在大桌子上摊开,与陆地的地图不同,海图上,除了岛屿的轮廓和名称之外,到处都画着各种颜色的曲线,看上去十分复杂。

"这是奥扎姆海图，原本是桑加人制作的，在很长一段时间里，我们也一点点地添注，才变成了现在这个样子。这里是新约格王国所在的那约罗半岛。您也知道，桑加王国的首都——望光之都在那约罗半岛西侧的桑加半岛之端。"

托萨的手指在海图上滑动着，他看着查格姆说："殿下，请看这儿，从位于桑加半岛尖端的望光之都到拥有最近港口的卡鲁修群岛，即便顺风，也需要花五天。您不觉得有点儿远吗？"

"确实如此。让我看看那约罗半岛的两侧，哎，这里没有岛屿。"

托萨微笑着道："是的。从卡鲁修群岛到那约罗半岛之间，没有可供船只停靠的港口。所以我们以尽可能少的人手，装载了尽可能多的淡水和食盐补给舰队。这片海域叫作塔拉乌恰穆，也就是无岛之海。传说圣祖特尔盖尔大帝的舰队在这里接受了最后的考验，也就是我们现在所在的这片区域。"

所谓最后的考验，是指圣祖特尔盖尔大帝从南方大陆起航，来到北部大陆建立新国家的建国传说，这一传说被记录在《圣祖传》里。

外祖父的这席话让查格姆点了点头，他随口念了《圣祖传》中的一节："'虽远万里，不见陆地踪影，淡水已尽，唯待降雨。天神随以己气息鼓帆救天孙。'您说的就是这一段吧？"

"对，《圣祖传》的这一部分极为关键，因为它提到了那约罗半岛近海的守护神。"

查格姆惊异地看着外祖父问："什么意思？"

"殿下可记得有关风的传说，也就是与那约罗半岛和桑加半岛近海的季节和风有关的传说？"

查格姆想起了外祖父像唱歌一般带着节拍教过自己的那段话："夏季风来自海洋，冬季风来自陆上。炎热海洋的夏风西格玛，秋季便是旋风拉加拉尔，吹遍桑加和那约罗半岛。"

"对。圣祖特尔盖尔大帝的舰队正好在春夏相交的季节横渡无岛之海。在这个季节，夏风从这里向桑加半岛和那约罗半岛吹，所以圣祖安全抵达那约罗半岛。如果圣祖在秋冬之季渡海，就很难到达那约罗半岛了。夏末，雅鲁塔西海旋风很多，随着夏风一直可以吹到北部大陆。对我们这些水兵来说，这个季节最令人生畏。桑加的船员们为了避免事故，这个季节不常出海，所以这段时间被称为交易的青黄不接期。"

查格姆听着，不停地点头。外祖父接着说："到了冬季，陆地开始刮冬风脱库马。对于向那约罗半岛航行的船来说，必须逆风穿插而行。如果在岛屿较多的海域，还可以航行，但在无岛之海就难上加难了。"

托萨用手指着朝向那约罗半岛延伸的黄色曲线。

"如果能找到求纳姆海流，海流会把船带到半岛的这一侧。但在无岛之海上，无法靠岛屿确定位置，所以只有一边正确判断星辰，一边如履薄冰般谨慎行事。在新约格的水手中，也只有熟练的高手才能找到求纳姆海流。"

一讲到海，托萨的语气里立刻充满了生气，让人听着也十分高兴。查格姆两眼放光地望着外祖父。

"也就是说，从海上进攻桑加半岛或那约罗半岛，选择春夏之交的季节最为合适，从夏末到冬季都是较难进攻的季节。"

托萨微笑着点点头。

"没错。我们借着最后一股冬风，横渡了一半无岛之海，接下来一边等待合适的风一边在其间穿插，来到了这里。现在是初夏，此后的三个月都适合从海上发起进攻。如果错过了时机，虽然此地是北部大陆近海，但即便是带着补给舰队的大舰队，也有可能会失去许多舰船，因为从海上很难攻上那约罗半岛。"

"也就是说，现在开始的三个月……"

托萨抢过了查格姆的话头："不是，我是说即便桑加战败，那也是不久之前。考虑到把舰队配备到周边海域的时间，达鲁修舰队从夏季到秋季是不会攻过来的。"

查格姆诧异地看着外祖父。

"您是说，要到明年夏初？"

托萨缓缓地摇头道："刚和桑加打完的达鲁修军明年初夏发兵进攻北部大陆也还是有些操之过急，他们应该会先在桑加的主要岛屿上布兵，扎稳根基。"

"但迟早会攻过来吧。"

托萨的眼里浮现出一丝苦笑。

"要把我们拖入陷阱，一来是为了测试桑加国王投降的诚意，二来也是为了断桑加的后路。虽说如此，达鲁修意欲进军北部大陆的野心已经昭然若揭。我们应该做好准备，随时准备应战。"

但是即便有备战的时间，新约格原本就兵力不足，又如何整饬军备？

查格姆深感不安，一时间说不出话来。

托萨仿佛要换一种心情，语气轻快地说："殿下莫要沮丧。横亘南北之间的海洋如此宽广，即使达鲁修十分强大，要从陆上进攻也不是件易事。我这就召集所有舰长开会，断然没有眼睁睁自投罗网的道理。"

托萨让所有舰长都集结在旗舰上，然后干练地发出了指示。

托萨计划，实际进入卡鲁修群岛的只有托萨乘坐的一艘旗舰，其余舰船在群岛近海待命。如一日之后旗舰仍未返回，所有船只立即返回新约格王国。

进入卡鲁修群岛的旗舰上只搭载了满足最低限度需要的人手和物资，以减轻船重，减少吃水，尽量降低触礁的风险。

听完托萨的计策，一位舰长苦笑道："大提督这不是变成鲨鱼而是想要变成飞鱼啊。"

托萨深深地点头，环视众人道："所言正是。诸位，我等的命运就是在两国交锋的夹缝中生存。看清桑加的举措，生还故里是最重要的任务。希望诸位放手搅乱对方，尽全力逃生，切不可有回护救助旗舰的念头。"

舰长们的表情僵硬。托萨面含微笑道："诸位不必如此。如果只有旗舰中计，桑加的海盗们肯定会追杀，诸位一定要竭尽全力，让尽可能多的舰船返回故里。"

舰长们一齐跺足出声，捶胸低头，向托萨行了一个约格式的敬礼。

自始至终，查格姆都在一个帆布隔成的小屋里旁听。外祖父的声音虽然不高，但每句话都回荡在查格姆心中。

会议结束后，舰长们各自回舰。托萨掀开帆布，把查格姆引进了舰长室。

夕阳从小小的舷窗射进室内，把房间染成了朱红色。托萨背对着窗，看不清脸上的表情。

"请殿下穿上上级水兵的军服。容臣下冒犯，请殿下像水兵那样把头发绑在身后，系上深蓝色的发带。"

查格姆点点头。万一自己成为人质，而且暴露了太子的身份，很有可能会成为交易的筹码，置国家于危险之中。或许在这之前，自己已经被"猎犬"杀害，但是如果身着水兵的服装，那就仅是一个士兵，不会引人注目。

"谢谢。我遵命就是。"

查格姆的声音从容不迫。托萨看着他，突然道："活下去，无论发生什么情况。"

查格姆觉得心中一热，他不敢再看外祖父的面庞，低声道："外祖父也请保重。"

托萨的眼角浮现出一丝笑意，但什么也没说，只是行了一个礼，

然后走出了舰长室。

太阳升起来没多久,桅杆上响起了钟声,同时还传来了喊叫:"桑加的船来了!"

三艘桑加的小型帆船朝开往卡鲁修群岛的舰队驶来。虽然并不完全是顺风,但桑加的小型帆船仿佛像是在波涛上滑行,行驶得十分迅捷。

先头的帆船上挂着用金丝绣成的领航旗。

等船靠近,体形健硕、晒得黝黑的桑加男人们一齐扬起了手。其中一个将薄板卷成的扩音器举到嘴边,用一口相当流利的约格语喊道:"新约格王国的海上勇士们,感谢你们在危急关头赶来援助。接下来,由我们的领航员带领大家去见桑加海军卡鲁修群岛司令官。沿途有很多浅滩和岩礁,请跟随我们的航迹航行。"

说完,桑加人灵巧地转动船帆,让船掉了个头。

领航船似乎没有注意到跟上来的是旗舰,鼓足了风帆,开始为新约格王国的帆船领航。桑加领航船上的风帆色彩绚烂,上面用金色和红色绘成了鸟的图案。

查格姆不由自主地回头眺望。背后有十九艘船操纵风帆摆出了待命的阵势。他们可以回归的故乡,自己是再也无缘回去了。

母亲、修加和妹妹米修娜,以及成为遥远回忆的巴尔萨、唐达、特洛盖伊的面容依次浮现在眼前。

波涛间的白色航迹似乎也朦胧起来。

查格姆咬着牙抬起眼,正巧与站在桅杆阴影中的男人四目相对。

晋。

这是曾经追杀过查格姆的刺客,也是一名为救查格姆与拉鲁卡搏斗的战士,现在奉国王密旨来取查格姆的性命。

晋的脸上毫无表情,倏地移开视线,离开了。

查格姆等人乘坐的舰船跟随领航船,在卡鲁修群岛的岛屿间穿行。领航船熟知复杂的海流和潮流,避开浅滩和岩礁不断向前。水兵们紧盯着身旁掠过的岛屿,海岛的岩壁上有无数的洞窟,岛上绿树葱郁,但无法发现是否有敌船藏匿。

"他们到底要去哪儿？"

身穿蓝色上级水兵服的查格姆抬眼看着外祖父，托萨神情严峻地望着前方，不断向水兵们发出各种详细指令。

"应该是卡鲁修岛吧。那是卡鲁修群岛中最大的岛屿。"

也许是因为收起了风帆，船行驶得有些缓慢。原本高悬正中的太阳不知何时也开始西下了。查格姆担心太阳落山后会有危险，但是外祖父仍然神色坦然地注视着航路。

水兵们开始燃火照明。周围还相当明亮，所以几乎看不到火焰的颜色，只有烟味在甲板上弥漫。

过了片刻，一个巨大的黑色岛影出现在赤红的晚霞中。

最初看上去是一个岛，凑近了才发现是由若干个岩礁围起来的岛屿。因为逆光看得不是很真切，但可以看到许多帆船船尾朝岛、船首朝外排成一列。

等新约格王国的船只靠近，成列的桑加帆船同时拉响了船笛。随着浪涛传来的笛声听上去音准略有差异。

这是桑加的笛声。

笛声并不陌生。桑加船越来越近，查格姆望着甲板上威风凛凛的战士，想起了塔鲁桑王子明朗的笑容。

桑加与达鲁修刚刚开战的时候，萨鲁娜公主曾写信告诉查格姆塔鲁桑王子骁勇善战，但之后就再也没有谈及战况的信函。

查格姆此刻祈祷塔鲁桑不在现场。他不想与塔鲁桑兵戎相见。

托萨举起手示意停船。

桑加的摇桨帆船靠了上来。不一会儿，桑加的旗舰也紧紧地靠了过来，直至两国旗舰的防撞板将接未接的距离。桑加的旗舰上飘扬着一面红色大旗，上面用金线绣了一条巨大的海蛇。

新约格王国的旗舰比对方的略高一些。一个身材魁梧、年近半百的男子站在一群手握钢叉的战士当中，他举起扩音器凑近嘴边喊道："欢迎新约格王国的海军勇士。我是桑加海军卡鲁修群岛的司令官科维·奥尔兰。"

托萨也举起了扩音器："初次见面，不胜荣幸，奥尔兰阁下，我是新约格王国海军大提督哈尔苏安·托萨。应桑加王之请，前来助战。"

奥尔兰苦笑道："非常感谢，大提督阁下。贵国只派来一艘船助战吗？"

托萨笑道："岂敢，吾王派我引领战船二十艘前来助阵，虽然数量不多，但军士皆为吾国海军之精锐。只要告诉我与达鲁修海战的地点，舰队自会前往。"

奥尔兰点点头，摊开手，向托萨做了一个邀请的姿势。

"如此甚好。请大提督过船一叙，我等备了淡酒粗肴，聊表寸心。"

托萨摇头道："多谢美意，酒馔虽好，奈何战况更令人心焦，不知与达鲁修大军的战线眼下推移至何处？"

奥尔兰蓦地闭口不语，只是抬头睨视着托萨。晚霞将天空染得通红，两国战士在甲板上列队而立，手中的盾牌也似乎泛着血光。

两人默不作声，只听得波浪翻卷，船声吱呀，风帆猎猎。

奥尔兰的眼中似乎有些悲悯之色。

"托萨阁下，多言无益，但请放下武器，过船相叙。若听在下良言，虽败军之将士，我等也会待如上宾。"

托萨平静地摇头道："即便只剩一艘战船，也是吾王所托，绝没有交付敌手之理。"

奥尔兰叹息道："阁下三思。我众尔寡。想必阁下也是洞察先机，才单船只舰来到此地，又何必无端送了性命？"

托萨注视着这位桑加老将，道："听闻奥尔兰阁下生于波浪之间，长于海潮之巅，乃是此间海上最为骁勇之斗士，又为何甘心效命于陆上帝国？"

托萨的声音随风而至，奥尔兰面露苦笑道："不知阁下是否亲眼见到过达鲁修大军的舰队？庞大无比，黑帆林立，妖气弥漫，仿佛黑云涌动，遮天蔽日。无论击沉多少，后续源源而至，无穷无尽。"

奥尔兰的大眼睛里充满了苦涩，他终于开始讲述经过：

"我们不是败在战场上，而是败在财力上。桑加号称海运王国，却没有与达鲁修持久抗衡的财力。

"战死者不断地增加，军费不停地膨胀，国王和公主也到了考虑为何而战的境地。胜有何得，败又有何失？

"王族精于计算，结论便是如此。"

奥尔兰摊开双手，耸肩道："王族接受了达鲁修提出的条件，只要向达鲁修俯首称臣，并出手相助攻略新约格王国，就可保障本国自治权,获得贸易优待。"

奥尔兰声音沉痛地嘶吼道:"托萨阁下万万不可白送了性命。一切都是算计,一切都是交易。只要将阁下等人囚禁,与擒获的舰船一起交给达鲁修帝国,我国就向达鲁修帝国表明忠心,即已与新约格王国正式为敌……新约格王国绝对不是达鲁修帝国的对手。又何必无谓挣扎!"

奥尔兰的声音消失后,四周重归寂静,甚至可以听到波涛轻拍船舷的声响。

托萨静静地点头道:"明白了,我们束手就擒。"

站在托萨身后的查格姆和其他上等水兵一样目瞪口呆,因为所有人都以为托萨会选择与敌人同归于尽,众人都手扶剑柄,只等托萨一声令下。

这实在令人难以置信,不战而降的消息一旦传开,托萨必将名誉扫地,但是,查格姆看不到托萨脸上有屈辱之色。

托萨将长剑从腰间的剑带上解下,用剑鞘的柄部在甲板上一顿。

"水兵萨穆拉,水兵托罗库!"

两名站在火边的男子站起了身,答道:"在!"

托萨头也不回,厉声命令道:"叫船舱里所有的人都放下武器,到最上层甲板集合。"

"遵命!"

两人猛地转身,下了船舱。

托萨回头看着在甲板上列队的水兵,命令道:"解下剑带,放下武器。搭好船板，高举双手前往桑加船。"

水兵们犹豫着解下了剑带，将武器放在甲板上。和查格姆同样身穿上等水兵军服的近侍林也从船舱里走了上来。看到两名"猎犬"赤手空拳地跟在林后面，查格姆恍然大悟，他看了一眼外祖父。

原来外祖父一开始就想到了这一点。

成为桑加军的人质，这是拯救查格姆和水兵性命的唯一方法。托萨一定早就意识到了这一点。当然，"猎犬"赤手空拳也可以轻易杀人。但是一旦成为人质，处于其他水兵和桑加兵的监视下，就不那么容易下手了。

即便作为新约格王国大提督的名誉扫地，也要拯救查格姆等人的性命，托萨一定早就下了决心。

查格姆不由得低下了头。他想不到其他方法可以表示心中的感谢。

托萨微微睁大了眼睛，目送着通过船板的查格姆的背影。

太子从未向国王以外的任何人低过头，查格姆刚才的举动让托萨心中一热。

"再见了，查格姆殿下。"

托萨轻轻闭上眼，在心中念道："天神，保佑心地善良的太子，让他得条生路。"

外孙的眼睛和女儿很像，灵动有神。托萨目不转睛地看着查格姆的背影。

等所有人一一渡过船板，花费了不少时间。

桑加的士兵并没有对来到自家船上的俘虏放松警惕，他们将俘虏团团围住，脸上全然没有因对手不战而降而表现出丝毫轻蔑之意。

看到水兵全部离船，奥尔兰回头向独自留在船上的托萨望去。

"托萨阁下，您也请……"

话音未落，他突然发现了什么，眼神开始慌乱。鼻端飘来一股焦臭味，再一看，托萨站立的甲板后面升起了一股浓烟。

托萨以拳抵胸道："旗舰乃吾王所托，不可落入敌手。奥尔兰阁下，请迅速离开此船。船舱里的油桶即将点燃。"

奥尔兰面部扭曲，张嘴想说些什么，又一摇头，回首对部下喊道："升帆，划桨，全速离开此地！"

桑加的男人们开始迅速行动。船帆打开，船桨也一起伸出了船舷，男人们灵巧地调整划桨的节奏，使船帆可以借助风力。桑加船一下掉转了方向，在波浪中疾速穿行。

查格姆和其他水兵们一起站在船首，凝视着火势渐猛的旗舰。查格姆撕心裂肺地喊道："托萨阁下！"

站在船首的水兵们也一齐高喊："托萨阁下！托萨阁下！"

托萨站在甲板上的身影越来越小。

外祖父！

查格姆探出身子，一直凝望着外祖父。

旗舰已被大火笼罩，甲板传来爆裂之声，船帆燃烧，桅杆断裂。旗舰卷起一片白色的泡沫，渐渐下沉。查格姆已经不忍心看下去，他把额头抵在船首，瘫倒在甲板上。

蒼路旅人

是我让外祖父走上绝路——眼睁睁地看着他走上绝路，却无能为力。

查格姆跪倒在甲板上号啕大哭。

3 囚房之夜

入夜后，风大了起来。

关押查格姆等囚房的小屋是桑加特有的干栏式建筑，不仅墙壁、地板，就连屋顶都使用椰子树叶编制。由于缝隙很多，即便关上了天窗，潮湿的海风仍然隐隐吹进来。

到了晚间，天气依然闷热，稍有些海风并不会让人介意，只是风吹得小屋颤动不已，这让俘虏们感到不安。

"用这种小屋关押俘虏也太随便了吧。咱们一起跺跺脚，没准儿这房子就能塌了。"

一个中年上等水兵嘟囔着，人群中传来了笑声。

"那是因为他们知道我们不会逃跑，才敢把我们关进这种小屋吧。"

即便从这里逃出去，抢了船出海，因为潮流复杂，海流旋转，暗礁众多，要想平安逃离卡鲁修群岛也几乎是不可能的。

天亮之后，停泊在近海的舰队就将返回祖国。如此少的兵力要想与桑加的部队作战无疑是痴人说梦。

晚饭被盛在鲜绿的大叶子之上，水兵们默默地吃着。

涂上香料后烧烤的鸡肉，油汁四溢的猪肉与甘甜的果实一起炖得酥烂，菜式之豪华完全不像是俘虏的晚餐，但是众人都食不知味。

"那些桑加人也会为自己的行为感到羞耻吧。"一个水兵低声说，"瞧给咱们的待遇，就证明了这一点。"

查格姆坐在离众人稍远的地方，被近侍林和两名"猎犬"团团围住。查格姆眼神空洞，对眼前的食物视若不见。晋悄声道："殿下，您还是吃两口吧。"

查格姆眨着眼看着晋，凝视了片刻，有些讽刺般地喃喃道："足下居然也关心我的身体？"

晋望着查格姆，眼神锐利。

查格姆皱起眉头，"国王之盾"被允许直视王族的面孔，但是很少有人会用这种锐利的目光打量太子。为何晋会用这种眼神看自己，查格姆觉得不可思议。

晋低声说道："请恕臣下无礼，臣下一直以为殿下是个有骨气的男子汉，无论何时都会高昂头颅，气度从容。"

查格姆胸中仿佛爆开了一个火星，涨红了脸。

他深吸一口气，发现空气中不但有香料的芬芳，还有潮湿的海风。

风声和水兵们吃饭的声音突然真切起来,查格姆知道,到前一刻为止,他仿佛一直都活在梦中。

查格姆还感到水兵们虽然很在意他,却努力不朝他看。

外祖父已经不在,如今领导众人的责任落在了自己的肩头,而自己却哭得像个孩子,甚至没有注意到众人对自己的顾虑。

查格姆把视线投向了眼前默默进餐的众人。

大家注意到了查格姆的目光,都停下手,垂下眼睛。

"大家继续用餐!"

查格姆听到自己的声音干涩细微。

查格姆有些生自己的气,他捏紧了拳头。

为了不让外面的守卫听到,查格姆压低了声音,但是吐字清晰地说道:"现在我和大家一样都是囚房,大家不必有顾虑,只要当我是常人就可以。但不要让桑加兵看破我的身份。我绝不会认为你们的行为无礼。"

水兵们低下头,一起颔首。

查格姆看着眼前这些晒得黝黑的面庞。外祖父挑选的这些水兵大多数都是中年或年近半百的人,但也有二十五六岁的年轻人。此后,他们将作为俘虏度过很长一段日子。

在此之前,查格姆一直沉浸在自己的世界里。但是现在,他看到了一些一直被他忽略的事实。

"虽然是阶下囚……"查格姆脸色潮红地对众人说,"但并不是耻辱。大家没有任何过失。更应该说正是因为大家,我们的舰队才得救了。我从心底里为大家感到自豪。希望大家尽一切努力活下去。"

众人的肩膀在颤动，低垂的双目中有眼泪滑落。查格姆不忍再看下去。

父王因为两国之间的礼仪将他们作为了牺牲品，自己确实无力挽回。但是作为太子，自己可以安慰鼓励大家。水兵们感动的泪水让查格姆觉得口中发苦。

夜深之后，众人领到了用科尔木纤维做的桑加软枕和薄毯。
熄灯之后，风声和如泣如诉的海潮声更加清晰。
大家都无法安睡，众人每翻一次身，都会让小屋颤动一番。
查格姆也全无睡意，今后会怎样？自己又该如何？
直到月亮西坠，风声渐止，才开始听到水兵们的鼾声。
查格姆也昏昏沉沉地进入了梦乡。
突然，他的身体被沉重的物体压住，嘴巴也被什么堵住，查格姆顿时从梦中惊醒。

呼吸困难。心脏部分被人用膝盖顶住，嘴巴也被人用手捂住，查格姆试图挣扎，但对方显然是个老手，查格姆完全动弹不得。

头疼欲裂，无法呼吸……

咚的一声响，查格姆只觉得身体一重，接下来却轻快了许多。查格姆开始呼吸，拼命咳嗽。

"殿下，不要紧吧？"

晋在耳边轻轻地问道，他蹲在查格姆身边，扶着他的背。

近侍和水兵们都醒了过来，坐起身。晋对他们小声道："不必担心，只是咳嗽。已经不要紧了。"

近侍和水兵有些惶惑，重新躺下。晋一直抚摸着查格姆的后背，直到再度传来众人的鼾声。

查格姆茫然地看着自己床上横卧的人影。永不省人事地躺在那里——自己差点儿就遭了毒手。

查格姆浑身抖个不停，上下牙齿也不断打架。晋仍在抚摸着查格姆的后背。

"殿下。"过了许久，晋在查格姆耳边小声道，"或许殿下已经发觉了，我等接了国王的密旨。永打算按旨行事。"

查格姆汗流满面，表情呆滞地看着晋在黑暗中的面庞。晋再次凑到查格姆近前耳语道："但臣下受另一位大人的委托来保护殿下。"

查格姆吃了一惊，身子一颤。

晋从怀里掏出一样东西递给查格姆。刚一碰到，查格姆就全明白了。他知道是谁要晋保护自己了。

晋递给自己的是只有观星博士才允许拥有的"天道护牌"。

修加……

查格姆抬眼看着晋。

昏暗中，晋一动不动地注视着自己，查格姆在他的眼中看到了深切的苦恼。背叛神圣帝王的命令，对于"猎犬"组织的成员来说是绝对不被允许的。

但是，晋为什么会听从修加的话呢？修加只不过是一个观星博士……

晋低声耳语道："那位大人告诉我，要我保护下一任国王的性命。"

查格姆低下头，捏紧了"天道护牌"。

晋静静地接着道："我国即将卷入狂风暴雨之中，让我必须守护好这颗远离风暴的宝贵种子——他的这句话震撼了我。"

晋俯视着失去知觉的永，低声道："那位大人早就看出永不会像我这样思考。还有，大人一开始就料到我们会变成俘虏。"

查格姆惊讶地抬起头。

"当真？"

"是的。大人说，公主在信里写道，暴风雨过去之前会照顾好一切，一旦中计，切勿抵抗，只管束手就擒。"

是啊，原来如此。

查格姆想起了公主的信函，在心中喃喃自语。查格姆没有注意到的细节，修加却洞悉了一切。

他在晨至殿爆发之时，修加藏身于圣导师背后，并没有为他向国王求情。查格姆一直以为是因为修加当时对他失去了信心。

但事实并非如此，修加一如既往地洞察微机，为保住他的性命做好了准备。

查格姆觉得鼻子一酸，低头咬住了自己的嘴唇。

晋凝视着查格姆，片刻之后，十分严肃地低语道："殿下请听仔细，一旦您被带到王族面前，太子身份必然暴露。这样在面对我国时,桑加王国就拥有了一张威力无比的王牌。那位大人说,只要救得了殿下的性命,即便作为人质也无妨,但这一点,臣下却无法赞同。"

查格姆抬起头看着晋,深深地点了点头。

查格姆十分理解修加的心情,但与其让敌人利用自己太子的身份,不如一死。

"要想逃跑,趁现在他们放松戒备之时最佳……但是,逃得了吗?"

晋回答道:"必须尝试一下。抢一艘小帆船,挟持桑加的水手逃到其他岛去。大人给了我一些宝石,我藏在了发髻和发带里。我听说桑加人贪心图利,即便一开始有些抵抗,但知道有利可图,或许也会为我所用。不过现在并无胜算,殿下可愿与臣同行?"

查格姆点头。

4 囚虏小屋的逃亡

小屋中充满了紧张气氛。

众人都在静悄悄地听查格姆指示。当听到要挟持桑加士兵坐船逃走时,一个正值壮年的水兵低着头举起手要求发言。

"请恕小的无礼,如果需要人驾船,请让小的同去。"

他刚说完，其他人也争先恐后地举起了手。

查格姆露出犹豫的神色。

"且慢。各位忠勇可嘉。但这片海域，如果不是桑加人，很难行船。而且，一旦发现我们逃亡，桑加军一定会追杀以儆效尤。我不想各位做出无谓牺牲。"

壮年水兵摇头道："我光棍一个，没有家人，愿为太子效死。"

正说着，另一名身材魁梧的水兵也探身道："我也是光棍，而且精通约格的各般武艺，我也愿追随太子。"

查格姆默不作声，他没有闲暇仔细思考。确实，如果有善于驾船的人在身边会方便很多。

查格姆看到晋点头，于是下定了决心。

"那好，你们跟我来吧。你叫什么名字？"

"纳鲁克斯·塔嘉尔。"

"纳罗兹·欧鲁。"

同行的人选决定之后，晋小声向水兵们说明了步骤。他们点头，开始按照命令行事。

等一切就绪，晋和欧鲁站到了门口。

剩下的人一面在心里为太子铤而走险感到不安，一面默默地看着他们行动。

"殿下，我也想……"

近侍林忍不住了，轻轻唤了一声。查格姆回头看了他一眼，在嘴边竖起了一根手指，低声道："别担心。我一定会活下去的。等暴风雨过去，一定有和你相见的一天。你不要慌张，坚持下去。"

林的眼中浮现出泪花。他不想让太子看到自己的眼泪，低下了头，但是肩膀仍在颤动。四个身强力壮的水兵用几个人的腰带拧成了一根绳子，等在晋等人的背后。

晋环视了众人一眼，微微点头，然后开始拍打门板："有病人。有人生急病，给我一点儿水！"

屋外传来了响动。听到脚步声，欧鲁竖起了三根手指，示意屋外有三个人。晋点头，再次拍打门板。

过了片刻，听到外面的人用不太熟练的约格语回应道："等一下。开门，退后。拿水进去。"

门从外侧打开了。两名手持武器的人在屋外监视，另一名男子手拿着水壶走进了屋。男子刚进屋，站在门边的晋就从他背后蹿了出去。

等监视的人发觉不对，晋已经贴近其中一个，伸掌在他耳下一劈，然后一猫腰，撞入另一人的怀中。那人正准备收肘抽刀，但晋的双拳已经从下而上击在他的胸腹之间。

桑加人的胸甲只是保护心脏部位，胸腹之间没有护甲。晋一击得手，只不过两息间，两个桑加兵都无声地瘫倒在地上。

晋回头一看，塔嘉尔也已经打晕了拿水壶的男子，他将查格姆护在身后，走出了屋子。

水兵们拿着腰带拧成的绳子，也随之走出了屋子。

"接下来就交给我吧。"

晋从晕倒的桑加士兵身上解下腰刀。查格姆也从桑加兵的腰带上

抽出了窄窄的短刀。这是桑加特有的兵刃，带一个钩，但是剑柄握上去相当合手。

由于是沙地，从小屋跳下的时候，只发出了轻微的响声。晋做了个手势，示意查格姆他们钻到小屋的脚架下面，然后独自消失在黑暗中。

在离俘虏小屋稍远的地方，一个站在椰子树阴影中的男子向蹲在身边的另一个上了岁数的男子轻声道："他们动手了。"

两个人站起身，无声无息地跑向沙滩。

晋仿佛去了很久，左等右等不见回来。查格姆生怕晋被人抓住，不安地扭动着身躯，频繁地换脚。

查格姆不知道桑加兵何时换班，他紧盯着昏暗中模糊不清的看守小屋，担心有人开门出来。

时间缓缓地流逝。

欧鲁就像石头般纹丝不动，单腿跪在沙地上凝视着夜色。塔嘉尔也悄声而立，注视着黑暗。

天似乎马上就要亮了，查格姆发现夜色渐渐消退，开始看得见眼前景物的轮廓。

欧鲁身体一动。

他不出声地用手一指，查格姆放眼望去，发现椰子林里有人影晃动。那是晋。查格姆等人一边观察周围，一边从脚架下爬了出来。

"我在离舰队稍远处的入海口找到了一艘渔船。走吧。"

当晋带着三人冲进椰子林时，俘虏小屋里突然传来了怒吼。

水兵们在小屋里不眠不休地看守着桑加兵，度过了一个漫长的夜晚。

永和桑加兵一样被反绑着塞住了嘴，当查格姆他们藏身在脚架下时，永清醒了过来。

一时间他不知道发生了什么，暂时不敢动弹。但听到水兵们窃窃谈论，他意识到自己是被晋出卖了。

岂有此理！

永勃然大怒。

晋居然为私情所动，违背了国王的旨意。如果太子活下来，而且落入了桑加人的手中，桑加人就有了一张对付新约格王国的王牌。

这个傻瓜！

一定要杀了太子，必须马上动手。永气急败坏，双肩发力想挣脱绳索，但绳子绑得很紧，纹丝不动。永缓缓地将身子移到被放倒的桑加兵身边，趁水兵不注意，把口中的布团放在士兵的胸甲上来回摩擦。

布团一点点开始松动，再用唾液将它完全打湿后，永终于将布团顶出了口中。

永深吸一口气，高声喊道："俘虏逃跑了。俘虏杀了看守逃跑了！"

看守小屋里一阵慌乱，门打开了。桑加兵拿着兵器冲了出来。天已微亮，士兵们发现了沙滩上的脚印，他们高喊着追了上去。

查格姆三人跟着晋猛跑。

被俘的时候，桑加人没收了众人的鞋子。水兵们撕开了军服绑在脚上，但是森林里树根盘结，跑着跑着，脚上的布就松开了，赤裸的双足已经出现伤口。

碧绿油亮的枝叶被跑在前面的人冲开，又反弹回来，像尖刀一般刺向后面人的肌肤。查格姆用手护着头脸，只管向前跑。

晋挥舞着刀，左劈右砍，开出一条道路。但已经可以听到后面传来咔嚓咔嚓的声响，那是桑加兵正在劈开丛林步步紧追。

不知跑了多久，四个人冲上了沙滩。

沙滩上零零落落地可以看到几座渔民的小屋。几个或许打算黎明

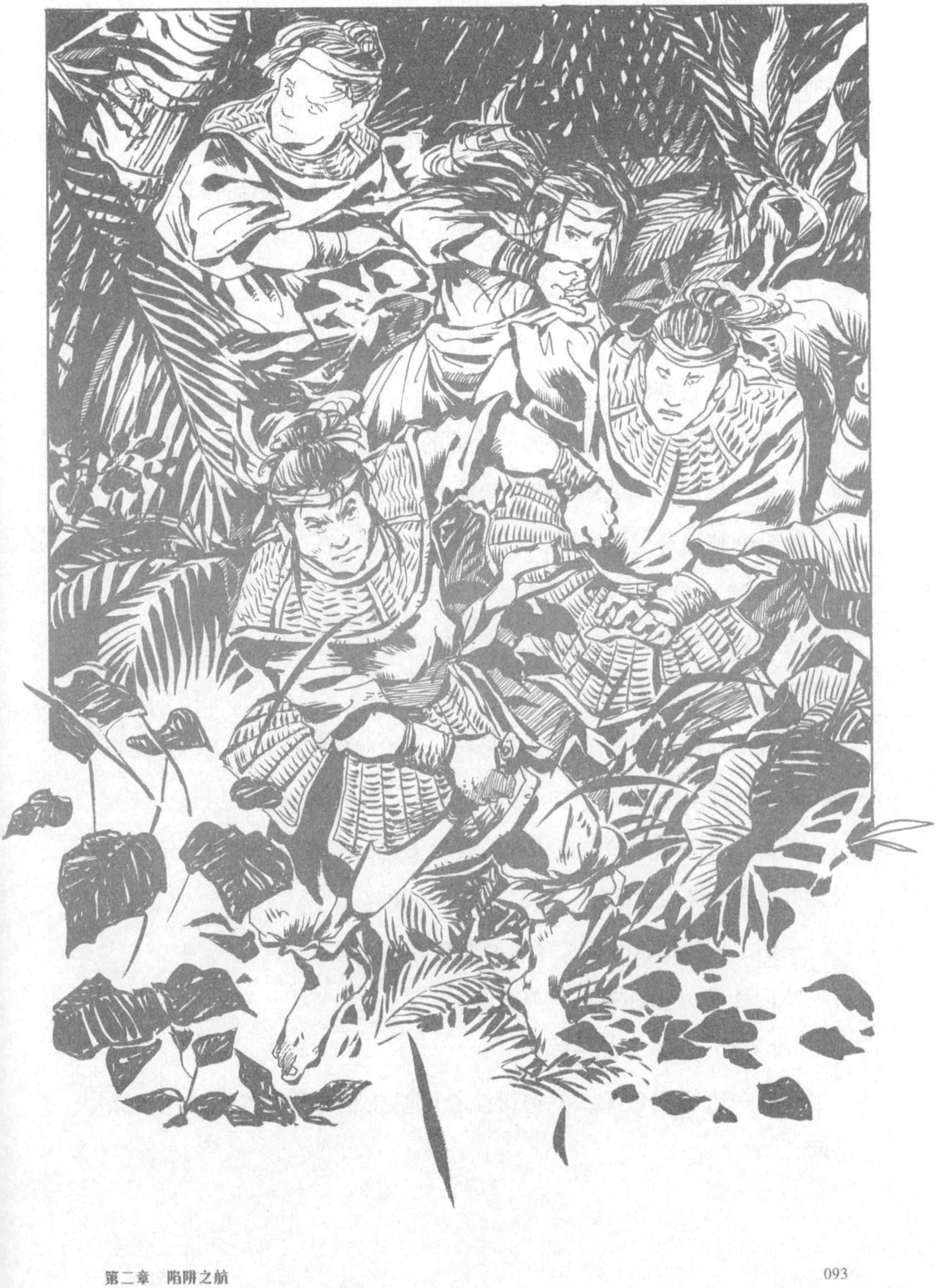

出海的渔民正把夜晚拴在水边的小渔船推向大海。

"塔嘉尔、欧鲁,快上。抢了那渔船!"

晋压低了声音命令道。水兵们满头大汗地点头,然后抄起从桑加人那里夺来的刀和短剑,向渔船跑去。

"殿下您跟他们去,不要管我。"

桑加的追兵已经冲出了丛林。晋迎了上去,双方战成一团。

查格姆撒腿就跑。

就在塔嘉尔和欧鲁把渔民们赶散的当口,查格姆伸手扳住船头,跳上了船。他用短剑砍断了绑住船帆的绳索,按照外祖父教给他的方法,十分麻利地升起了风帆。

"塔嘉尔、欧鲁,快跳上来。"

查格姆高喊,两人回过头,大步冲进了海里,跳上了已经开始移动的渔船。

桑加的渔民们气急败坏地吼叫着,开始向他们投掷鱼叉。鱼叉带着风声飞了过来。

一柄鱼叉呼啸着贴着查格姆的右脸飞过,查格姆一仰身,接下来就觉得左肩像被人猛推了一把,火烧火燎地疼。

一柄用来插小鱼的鱼叉穿透了查格姆的肩膀。

"殿下!"塔嘉尔冲到面前喊道。

"没关系……看着船……"

欧鲁一边躲避鱼叉,一边操控着风帆让船前行。船离沙滩越来越远。

剧痛让查格姆视线模糊，他拼命睁大了眼睛，看着正在与追兵乱斗的晋。虽然被十几名追兵围困，但他的动作仍然灵活迅猛。

"啊……"

查格姆吸了一口凉气，几个桑加的士兵抄起了渔民晾在沙滩上的渔网从背后向晋投掷过去。渔网大张，兜头盖脸地将晋裹在里面。被渔网缠住的晋连身形都看不清楚了。

查格姆只觉得心中一阵绞痛。他甚至连唾沫都咽不下去，浑身打战，冷汗直流，眼前一片昏暗。

风帆猎猎作响，查格姆仰面倒了下去。

"殿下！查格姆太子殿下！"

塔嘉尔慌忙抱起查格姆，不让贯穿肩膀的鱼叉尖碰到甲板。

"怎么办，船往哪儿开？"欧鲁大喊。

"哪儿都行，只要顺风全速前进就行。我现在腾不开手，你要小心暗礁。"

塔嘉尔仔细查看查格姆的肩膀。鱼叉穿透了肩膀，但出血并不多。不过，一旦拔掉鱼叉，一定会导致大出血。而且这是一柄铁制鱼叉，还带有小钩，要拔掉鱼叉，一定要用钢锉或其他工具锉掉钩才行。

塔嘉尔紧张得面部抽搐，他紧盯着躺在自己怀里昏迷不醒的太子，查格姆脸色惨白。塔嘉尔心急如焚，却全无主意。

这时，听到欧鲁喊道："喂，有船靠过来了。右舷后方。"

塔嘉尔赶紧回头，看到一艘中型的桑加船正在飞快地靠近。甲板上站着几名桑加兵，朝阳落在他们手持的钢叉上，叉尖闪闪发光。

为什么会来得那么快？

追兵还在沙滩上，看上去已经很远。但是这些桑加兵又是从哪里冒出来的呢？

塔嘉尔感到很绝望。己方只有两个人，太子还受了重伤，抱着太子不可能打得过这些桑加兵。而三人乘坐的渔船速度又远远不及中型帆船。

帆船已经与渔船并行，桑加兵用搭钩挂住了船头，将两船稳稳地锁在一起。塔嘉尔等人只有干瞪眼看着。

不知为什么高兴，桑加人笑嘻嘻地开着玩笑。其中有上了年纪的人，也有稚气未脱的年轻人。欧鲁皱起眉，心道："这些人应该不是正规军……"

桑加人左右分开，为身后的年轻男子让出一条道来。

塔嘉尔和欧鲁简直不敢相信自己的眼睛——眼前的男子他们虽然不认识，但他肯定不是桑加人，而是约格人。

男子单手持一柄出鞘之剑，飞身跃上查格姆三人乘坐的渔船，俯身看着躺在塔嘉尔怀里的查格姆。

"好像还有气……"

听到男子低语，塔嘉尔皱起了眉头。此人说的虽然是约格语，但却有一种不寻常的抑扬顿挫。

男子看向塔嘉尔，目光锐利。

"要想活命，就老老实实地听话，知道吗？"

查格姆的伤势已刻不容缓，塔嘉尔抬眼望着男子，点了点头。

第三章

查格姆与鹰

天蓝海碧，在通透的海天之间，沐浴着明亮的阳光，甚至会让人忘记自己是一个囚徒。

　　尽管如此，查格姆心中仍有无尽的暗影。每当他想到旅途的终点，他都会被暗影深处传来的声音所迷惑。那声音嗫嚅着告诉他：要想从这碧海上的彷徨中逃脱，就只能选择死亡……

1 相逢

噬骨锥心般的剧痛似乎永远不会停止。

鲨鱼，鲨鱼在咬我……

噩梦中，查格姆的左肩正被鲨鱼撕咬。鲨鱼锐利的牙齿嵌入了肩膀，鲨鱼每一次摆头，查格姆都感到一阵被撕成碎片一般的剧痛。

谁来救我……

像是被鲨鱼撕咬着又被火焰烘烤，查格姆的身体热得像个火炉。

查格姆头顶枕头，身体紧绷，周围好几个男子拼命地压住他的手脚，还有一个向查格姆口中塞了一块布，防止他咬伤自己的舌头。

"不是破伤风吧？"

查格姆突然听到耳畔有人说话，他迷迷糊糊地觉得自己快要死了。这时，耳边又传来了其他声音。

"不是破伤风，只是发高烧。但是高烧不退会很危险。"

查格姆感到有一只大手在抚摩自己的额头，他微微张开眼，冰凉的手让他感到很舒服。

"烧退了就好了……"

发烧，这不是发烧，我是在被火烤呢。

查格姆思维混乱，仿佛被吸入了一个混沌黑暗的空间。

不知经历了多少噩梦。

查格姆猛地睁开眼。一阵微风拂过他满是汗水的面庞。

周围十分安静，只有木板发出的吱呀声和风吹动船帆的响声。查格姆觉得自己的身体被抬高，又被放落……似乎是黄昏，屋里有些昏暗，海风和夕阳的余晖透过舷窗落入房间。

查格姆有些昏昏沉沉地望着板壁，上面垂着些陌生的绳索器具。他完全不知道自己目前身在何处。

左肩传来一阵钝痛——当感觉到痛楚时，过往的几个瞬间突然真切起来。

我被鱼叉刺中了……之后发生了些什么？

这是那艘渔船吗？不可能。那艘渔船没有这么大。

查格姆缓缓地扭过头，看到房间的一角端坐着一个陌生的男子。

查格姆吓了一跳，蜷缩起身子。

淡红的夕阳只照到了男子的半边身体，他的脸隐藏在暗处，但查格姆可以看到他直视自己的双眼熠熠生辉。

男子散发着武士的气息，看上去像是约格人，但是身上的服饰并不是约格的。

波浪平缓，船体微微起伏。夕阳的余晖瞬间照亮了男子的脸。黑头发黑眼睛，他的相貌给人一种尖刀般锐利的感觉。

"您醒了吗？"

男子的措辞是十分正规的约格敬语，但多少有些古怪。查格姆皱起眉头，盯着那男子。

男子平静地说："在下名叫阿拉由坦·休戈。这是桑加商船的船舱。与其说是商船，不如说更像是一艘海盗船。但在下无意伤害您。请放心……查格姆太子殿下。"

查格姆瞪大了眼睛。

自己的身份已经暴露了。查格姆一阵悸动。

就像薄雾散去，查格姆的大脑逐渐开始工作。桑加的海盗船？也就是说在那以后，渔船被这艘海盗船劫持了。但是，为什么自己的身份会暴露呢？

查格姆看着面前这个叫休戈的男子。他毫不畏惧地直视着自己。作为一个知道自己身份的约格人。

"你是谁？看上去像约格人，但不是约格人吧？"

男子的脸上浮现出微笑。

"从某种意义上来说，确实如此。在下现在是达鲁修的一名图尔安。"

查格姆吸了一口凉气。

达鲁修的军人。

查格姆觉得手脚冰凉，脑后生风。

第三章　查格姆与鹰　　　　　　　　　　　　　　　　　　　101

这到底是怎么回事？自己居然落入了达鲁修军的手中。

各种思绪纷至沓来。过了一会儿，查格姆冷如冰窖的心中渐渐浮出一个坚定的念头。

查格姆毫无表情地看着休戈。

"塔嘉尔和欧鲁怎么样？他们没事吧？"

男子有些意外地眨眨眼。

"他们没事。殿下转移到这艘船后，我就把他们交给了驻扎在阿周岛的桑加兵。桑加兵应该不会杀掉他们。因为王族已经亲自下了命令要善待新约格的人质。"

想到萨鲁娜公主的密函，查格姆觉得心定了许多。

只要他们平安无事就行了。

看到查格姆嘴角边浮现出一丝微笑，男子皱起了眉头。

眼前的少年看上去多少还有些稚气，眼神却叫人捉摸不透，像是悲哀，又像是听天由命。那眼睛直视着自己，突然闪烁出坚毅的光芒。

男子觉得自己的后颈起了一层鸡皮疙瘩。

不好。

男子猛地跳起身，冲到查格姆身边，伸手按住了他的下巴。查格姆就在要咬舌自尽的那一瞬间被制住，他开始拼命挣扎。

查格姆伸出右手从下往上用力推开男子按在自己下巴上的手。他使出浑身力气，扭动着身子，男子的手有些按不住了。就在这个当口，男子突然放开了手，用掌根对着查格姆的耳朵猛击了一下。

查格姆觉得一阵剧痛，仿佛自己的耳膜已经被击穿，他顿时意识蒙眬，接下来觉得似乎有人撬开了自己的嘴，塞进了一个硬物。查格姆想摇头，但是被死死地按住，动弹不得。查格姆觉得自己的嘴里充满了鲜血和金属的味道。

男子拔下腰间的短刀，连刀鞘一起塞进了查格姆的嘴里，然后按住他高声叫道："索多库，快来！"

随着一阵脚步声，一个上了年纪的男人跑了进来。

"快让他睡着。"

这个名叫索多库的男人也不多问，从腰间的袋子里掏出一个小壶，往布上倒了一些液体。

索多库刚把布捂向查格姆的鼻子，查格姆就像断了线的木偶般，全身失去了力气。

男子额头见汗，从瘫软失去知觉的查格姆口中取出短刀。

索多库低声道："到底出了什么事？"

男子深叹了一口气，站起身，在衣服上擦了擦手道："他想咬舌自尽……"

"什么？！"

男子调匀气息，深吸了口气道："他发觉自己已落入达鲁修之手后，只确认了随从的安全，就打算自尽了。"

男子看着浑身大汗、失去知觉的少年，脸上的表情十分复杂。

等药力过去，查格姆苏醒过来已经是午夜过后。

嘴巴被布勒住，呼吸困难；嘴里满是唾液，十分不舒服。查格姆想掏出布条，但是双手被绑，动弹不了。

查格姆嘴里发出呜呜声，想在枕头上把口中的布蹭下来，但是被人用手摁住了额头。

"对不起，殿下。如果殿下发誓不咬舌自尽的话，在下可以帮您取下让您不舒服的东西。"

虽然眼前的面庞背着光，看不真切，但听声音查格姆知道是那个名叫休戈的达鲁修军人。

查格姆盯着休戈，眼中充满了怒火。

"也难怪殿下生气。不过在殿下着急下结论之前，能不能听在下说几句？"

休戈的语气很平静。他按在查格姆额头上的手带着海潮的气息，还有巧炉的味道。

查格姆一点点地放松了自己的身体——要想死，方法有很多。但是口中的布条让他无法忍受。他抬眼看着休戈，点了点头，休戈手向下一滑便解下了布条，还帮查格姆解开了手上的绳索。

查格姆顿时觉得气息顺畅了许多。他深深地吸了一口气。

休戈压低声音道："殿下之所以要自寻短见，恐怕是以为自己已成了达鲁修帝国的人质了吧……其实，事实略有出入。"

查格姆板起了脸，休戈的说话方式让他很不愉快。

"不用绕圈子了，有话直说吧。"

休戈的眼中失去了笑意。

第三章　查格姆与鹰

"失礼。那好，在下就拣要点说吧。"

休戈用一种十分随便的口吻说出了一句惊世骇俗的话："之所以要将殿下掳来，是因为想让殿下坐上新约格王国的王位。"

查格姆迎着休戈的视线，一动不动。

长时间的沉默。

看到查格姆的面庞渐渐失去血色，休戈接着道："殿下自然会猜测在下此番话用意何在……"

查格姆不让休戈往下说，他一字一顿地说道："我不会借助任何人的力量登上王位。"

查格姆的声音仿佛在空中炸裂，充满了愤怒。他的脸气得铁青，目光却清澈有神。

休戈默不作声地凝视着查格姆的双眼，然后分开双膝，两手触地，低下了头。

"请恕我失礼……"

休戈低着头，深吸一口气，然后抬脸道："但是我等希望殿下登基却另有深意。请听在下解释。首先请问，殿下对达鲁修帝国有多少了解？"

查格姆不回答，休戈并不介意，接着道："我是个密探，隶属一个名叫'鹰'的组织，这几年一直在调查新约格王国的国力。殿下可知，新约格的兵力总共只有三万，而打算进攻新约格的达鲁修帝国却可以派遣二十万大军。在与桑加大战后，目前完好无损的战船数量也超过了千艘。"

查格姆虽然不动声色，却觉得胃部一阵抽搐。

千艘战船……即便将商船改建为兵船，新约格的舰船数量也不过百艘而已。如果休戈所言当真，新约格的海军就像是巨人吹口气就能灰飞烟灭的垃圾一般。

桑加司令奥尔兰对外祖父说的那番话仿佛回响在耳畔："不知阁下是否亲眼见到过达鲁修大军的舰队？庞大无比，黑帆林立，妖气弥漫，仿佛黑云涌动，遮天蔽日。无论击沉多少，后续源源而至，无穷无尽。"

查格姆闭上了眼。他不想让眼前的人察觉到他的绝望，那种化为尘埃、飘落而坠的绝望。

休戈道："事实如此，殿下觉得如何？"

查格姆的眼前仿佛出现了京城火光冲天化为废墟的幻境。

查格姆拼死才不让自己被这种幻境吞没。

他厌恶自己会被休戈的言语触动。这个男人的话为什么会让自己感到如此绝望？他有什么企图？

休戈的声音有些干涩。

"国破家亡是种什么景象，想必殿下也可以想象。连战连败。敌人的脚步渐渐逼近王都。我还清楚地记得。那把夜空染成黑红色的大火，在没有人守护的王都门外，达鲁修大军列阵而待，战鼓雷鸣，如狂涛怒浪。"

查格姆睁开眼，看着休戈。

他的神色十分平静，额角却渗出了些许汗珠。

"刚才所说的光景，我刚刚在梦里又看到了。我其实来自被达鲁修帝国所灭的约格王国。"

约格王国……

查格姆再次仔细打量休戈。

原来如此，休戈不是新约格王国的约格人，而是南方大陆约格王国的约格人。难怪他说话的腔调总让人觉得有些不顺耳。

就像是一只紧闭的盒子打开了一条缝，有些风吹了进来。此刻的查格姆有些不可思议的感觉。

达鲁修征服约格时，眼前的男子应该还是个孩子吧……但有如此经历的人，为什么会成了敌人的士兵呢？

休戈抚摩着自己的嘴角，沉默了半晌，再开口时，声音中已经没有了刚才的干涩。

"在下的故国在与达鲁修帝国争战时死了许多人。所幸王都城池没有被烧，约格人的生活勉强得以延续。"

他平静地说："查格姆太子殿下，我对达鲁修帝国征服他国的做法十分了解。我刚才说要让殿下登基……是因为新约格王国与我等拥有同一个祖先，而这也是让新约格免于战火的唯一途径。"

休戈的这番话深深地打动了查格姆。

查格姆攥紧了拳头。他的左手还无法发力，伤口处传来一阵剧痛。但查格姆的心情激荡，全不在意。

修加曾告诉过他，在与敌人相对时，绝不可以自曝其短，要隐匿内心，让对方发言。但是此刻，查格姆已经按捺不住询问的冲动了。

"你这话是什么意思?"

休戈脸带微笑。

"不用在下明言,殿下也应该明白吧……我已经说得有点儿多了。今晚还是请殿下休息吧。等明天在太阳底下长谈也不迟。"

休戈站起身,从船舱一角的壁格中拿出一个小壶,拔去了壶栓,走了回来。

"失礼。"

他在查格姆身边单膝跪下,然后扶起查格姆,把壶递给了他。

"这是浸过药草的水,对身体有好处,请殿下喝一些。"

查格姆一时有些犹豫,但忍不住口渴,还是把壶举到了嘴边。壶嘴厚实冰凉,碰到因发烧而焦热的嘴唇,感觉很舒服。

壶里的水有些药草独特的味道,没有什么异味。查格姆大口大口地喝了一通,然后抹抹嘴,把壶还给了休戈。

"您要去厕所吗?"

也许是因为出了很多汗,查格姆并没有想上厕所的感觉。他摇摇头。

休戈点点头,站起身。

"那好,您休息吧。我就在隔壁舱室,有什么事殿下敲敲板壁就行了。我会马上赶来。"

休戈吹灭了烛火,走出了舱室。

船舱里只剩下查格姆一个人,他可以感到身体随着船和波浪摇晃。

太累了。查格姆闭上刺痛的双目，瞬间便坠入梦乡。

休戈倚在船头，一边抽烟一边仰望满天如坠的群星。他每吸一口，就会有一个小小的光点在黑暗中亮起，又马上熄灭。

随着一阵脚步声，一个矮小的身影来到休戈身旁。这个长年与休戈一起从事密探工作的上年纪男人原本是一个咒术师，名字叫雅特诺伊·索多库。他的哥哥拉斯古是潜入桑加王国的咒术师，曾经差一点儿就推翻了桑加王朝的统治。

"这种天气再持续下去，听说只要三天左右就可以到达阿谢港了。拉斯古在阿谢港吧。要不要给我大哥发一封鹰信？"

休戈沉默了片刻，然后缓缓地看向索多库说："我还不想让拉斯古知道。"

索多库脸色一变，面带疑惑，抬眼看着休戈道："你是不想让我大哥分了功劳吧？"

虽然是兄弟，但索多库对拉斯古并没有太深的感情，所以对不分功劳给他并没有感到不满。但拉斯古是一个头脑敏锐的咒术师，与他为敌是件麻烦事。

而且这次能抓获查格姆太子，也是因为得到了拉斯古的建议，因为他早就潜入桑加王国做了许多密探工作。如果不是他注意到了萨鲁娜公主和查格姆太子的关系，也不可能这么早早地就设下圈套。

索多库隐隐暗示了这些，但休戈不为所动，吐出一口烟道："功劳当然会分给他，只是再给我一些时间。"

为了不让执勤的桑加青年听到，索多库压低了声音道："给太子看了这么大的鱼饵，他还不上钩吗？"

休戈低头看着黑暗中拍打船头的波浪："所以说，再给我一些时间。"

索多库一时说不出话，然后耸肩道："那好吧。慎重行事总不是件坏事。"

说完，他转身走向舱室。休戈突然想起了什么，冲着他的背影道："索多库你最好不要频繁出现。他不是认识拉斯古吗，你长得像拉斯古。我可不想让他看出些蛛丝马迹来。"

索多库头也不回地挥挥手表示明白了，然后走下了狭窄的舷梯。

索多库离开之后，休戈凝视着夜空，一时间心中有些说不清道不明的思绪。他在因长期练剑而满是老茧的手掌心上摁灭了烟,把剩下的半截揣进了口袋,在甲板上走动起来。

执勤的青年手把着舵盘,休戈走过他身边时,他跟休戈打了个招呼,仿佛想赶走自己的睡意。

"大人,您终于打算休息了吗?"

"是啊。你可不能睡着了。酒也少喝些。"

年轻人张着大嘴笑道:"哪里话!一壶酒就能把我放倒那不是正好?"

年轻人的脸上还留着稚气,却拼命想装出一副大人样。

"那个小家伙是新约格的贵族吧。大人,您真厉害。弄到赎金可就发财了。"

休戈苦笑道:"你们不也赚了不少,够娶三个老婆了吧?"

年轻人又放声大笑道:"三个可要不了。大人您不知道吗,桑加的女人可不是好惹的。"

休戈脸上的笑意更浓。

"要是你赚不了钱,老婆多不是正好养你吗?"

"说的也是。不过,还是大人您好啊。不用靠女人养,也能享受一段时间。贵族的小家伙可不是那么容易弄到手的。"

休戈抓住年轻人的肩膀摇了摇,走下船舱。

桑加青年的豪爽不羁让他很羡慕。虽然被达鲁修帝国征服之后,已经无法再像祖先那样从事海盗的行当,但海盗的性格却不会变化。

国破家亡后,在贫民窟流浪的儿时记忆突然在心头掠过。

战祸连连,苦的只是老百姓。但无论怎样艰难,人们还是会活下去,义无反顾地生存下去。

休戈仿佛看到了查格姆太子毫无血色的面庞。

夜风还有些闷热,不过打开舷窗,因白天暑气蒸腾宛如鸽笼般的船舱也开始一点点凉爽起来。

休戈脱掉衣服,赤裸上身躺了下来。虽然很累,却怎么也睡不着。

2 擦身

查格姆一天中的大半时间都在昏睡中度过。

除了吃饭如厕以外不起床,一直处于昏睡中。两天之后,查格姆终于因为感到饥饿而睁开了眼睛。

或许是因为身体想恢复因高烧而失去的体力,所以才觉得格外饥饿。早饭中有香料相当刺鼻的炖肉,但查格姆把炖肉一扫而光,还吃了一个口味酸甜的荞沙果,虽然荞沙果已经因长时间的航海而变得绵软。

虽然还是早上,甲板上却已经热气蒸腾,这是一个炎热之日。

查格姆擦了一把额头上的汗。时至今日，他才意识到进食有多么重要，因为食物刚进入体内，查格姆就觉得舒服了很多，额头却突然汗如泉涌。

"布够用吗？我怕不够，所以又拿了一块来。"

这是一个女孩的声音。查格姆看到一个正在往舱室里窥看的女孩，而休戈正抓着她的手腕。

"我告诉过你不要来这里。"

虽然口气很克制，却有一种让人不由自主点头哈腰的魄力。

女孩沉默了片刻，但是马上挣脱了休戈的手。

"我已经告诉我的伙计绝对不能到这儿来。但这是我的船，我想去哪儿就去哪儿。"

女孩说一口流利的桑加语。

"你要是不满意就下船吧，和这个约格的贵族小公子一起在下一个港口下船。不过，既然毁约的是我们，我可以不收船钱。"

休戈一时说不出话来，过了一会儿，才拉下脸看着查格姆道："她是这艘船的船主。"

除了特定的人之外，太子不可以直接与人照面。但如果现在蒙上一层面纱，无疑告诉女孩自己并不是约格贵族的公子哥儿。

看到休戈脸上的犹豫，查格姆很想看看到底是什么样的女孩让他如此尴尬。

"你让她过来吧。"

休戈的眼里掠过一丝惊异。想了片刻，他点点头，转脸对女孩道:"我尊重你的权利。但是,你也要尊重我的权利。"

女孩的声音与刚才完全不同,变得十分沉稳。

"明白。只要我在这艘船上的权利不受侵犯,我不会干扰你的工作。"

休戈侧过身子给女孩让开道路,又叮嘱了一句:"这是身份极为尊贵的客人,千万不可失礼。"

女孩微微扬起眉头,饶有兴趣地抬眼看看休戈。然后非常严肃地转头看着查格姆。

与声音完全不同,这是一个个子不高的女孩,也许只有十五六岁,但看上去很有个性。

"初次见面。我叫赛纳。是这艘船的兹阿拉·卡西那,也就是船魂。"

她的约格语并不熟练。

"船魂?"查格姆问道。

女孩耸耸肩,用简单的词回答道:"船老大。"

查格姆默默地点点头。他当然不会把自己的姓名告诉对方。

休戈站在船舱入口处,饶有兴趣地听着两人的对答。

这个名叫赛纳的女孩上下打量着查格姆。查格姆正视着对方毫无顾忌的目光。

不知在查格姆脸上看到了什么,赛纳的脸上突然浮出了笑容。

"你这伤,擦身很不方便。要帮忙吗?"

查格姆摇头。

"我不需要别人帮忙。"

赛纳无视查格姆的回答，在他身边单膝着地，拿起了布巾。

"那我帮你拧干。"

单手确实很难把布巾拧干。赛纳把布巾在水里浸湿拧干后递给查格姆。查格姆也不客气，接过了布巾。

"谢谢。"

查格姆开始擦身。

用凉凉的布巾抹去汗水之后，查格姆感到风吹在皮肤上格外凉爽，无以言喻的舒服。赛纳也不多说，将布巾在水里搓洗后又拧干递给了查格姆。一时间，船舱里只有搓洗、拧干布巾的水声和海浪摇动船只时船板的相互挤压声。

休戈站在门口看着两个人，眉头微蹙。

查格姆的动作十分熟练，这让他感到意外。虽然为了不碰到伤口，查格姆的动作并不快，但通常太子是由下人伺候的，而查格姆拾掇自己的一举一动都过于熟练自如。

发现休戈的表情，查格姆扬眉道："有什么问题吗？"

"没有。可能用海水擦身不是很舒服吧。明天就进港口了，会装上淡水。我会让人给您送新鲜的水来。"

查格姆嘴角带笑，什么也没说。

擦完身，查格姆脱下汗湿的衣服，换上了干净的衣服，赛纳也帮了点小忙。查格姆觉得浑身清爽。

赛纳手脚麻利地把衣服和布巾收拾好，拿起盆，从休戈身边走出

第三章　查格姆与虘

了船舱。

休戈留了下来，他对查格姆道："非常抱歉，船进港的时候，请您待在船舱里。出港之后，您才可以在船里自由走动。天很热，到达南方大陆之前，我们会经历一段很长的海上旅途……只有一点，您可千万不要跳进海里。"

查格姆一言不发地仰视着休戈。休戈扬眉道："或许您已经明白了，我没有把殿下的身份告诉这伙桑加海盗。他们都以为您是新约格王国的贵族。这一点请您谅解。"

说完，休戈准备离开船舱。查格姆冲着他的背影说："你是从什么时候开始准备这艘船的？"

休戈缓缓地转过身，背靠着门口的柱子，看着查格姆说："两个月前。"

查格姆的眼睛微微睁大。

两个月前，也就是说比查格姆冲撞父王被赶出宫稍早一些。这个名叫休戈的男子为什么在那时就雇了这艘海盗船呢？他又是如何找准时间和场所劫持查格姆所乘的渔船的呢？

晨光落在休戈背上，虽然逆光，但仍可以感觉到他眼带笑意。

"我是鹰探。在密使毫无察觉的情况下偷出密函再放回原处，并不是什么大不了的事。"

说完，休戈就离开了船舱。

查格姆觉得背后渗出了冷汗。

偷出密函……也就是说休戈看过萨鲁娜公主的信，因此布下了圈套。他居然是如此一个敢冒奇险的男子。

而我却彻底落入了对方的圈套。

查格姆用毫无血色的手指抚摩着自己的嘴角。

如果父王不放逐我的话,这个圈套是绝不可能成功的。

但是查格姆来到外祖父身边之后的一系列事情,眼前的男子都预料到了。不对,应该说就连自己和父王决裂,休戈也早就预料到了这种可能性。

他说已经暗中刺探新约格王国好几年了,只要汇总一下打听来的消息,就应该知道国王讨厌查格姆,支持查格姆的外祖父一派和作为二王子后盾的陆军大将一派相互对立。

查格姆的心跳加快。

他原以为这只是国家内部的暗中对立,没想到不知何时情况已经被达鲁修帝国掌握。

达鲁修帝国或许已经深入新约格王国。

查格姆感到十分恐怖,甚至觉得自己的皮肤发紧。

修加……如果此刻修加在身旁。

查格姆用手指抚摩着小心收藏在腰带间的"天道护牌"。

他觉得彷徨无助,自己一个人能闯过难关吗?

查格姆靠在板壁上,船板在脑后吱呀作响。门口射入的亮光把一处地板照得发白,查格姆出神地望着那儿。

晋现在怎么样了?被渔网罩住之后究竟怎么样了?希望他还活着。想到晋有可能已经不在人世,查格姆不由得浑身颤抖。为了让自己逃生，晋拼命搏斗的场景至今仍在眼前。

说起来，一直有人在保护自己。

外祖父慈祥的目光在心中浮现，耳畔仿佛听到他从容的声音。

"活下去，无论发生什么情况。"

查格姆闭上了眼。

各种各样的人为了救自己不惜付出生命。自己能活到今天是因为他们的拥戴，他们的支持。

那些曾保护过自己、支持过自己的成年人，每个人的面庞依次浮现。每个人都是如此伟岸，与他们相比，自己还是个孩子。他们付出的，自己绝对做不到。

查格姆咬住了颤抖的嘴唇。

透过小小的舷窗，可以看到海。

最简单的就是往海里一跳了之——只要自己一死，身上如山的重责也就不了了之了。

查格姆赶紧吸了口气，忍住了啜泣。

自己得到了许多人的守护、许多人的帮助才活到今天，自己反而只想着逃避，查格姆恨自己如此没有骨气。

3 异乡的星空

船刚驶入港口，透过薄薄的板壁就可以听到喧嚣声。查格姆在昏暗的船舱中倾听着外面熙攘鼎沸的声音。

船舱的门窗被关上了，舱里又闷又热，让人喘不过气来。

或许正在装货，不时可以感到船身随着脚步声倾斜摇晃。嘈杂的人声中，间或可以听到海鸟的尖声鸣叫。

甲板上开始渐渐安静下来，这时听到赛纳在门外道："很热吧？"

说着，赛纳吱地拉开门。但她并不进来，而是在楼梯处坐了下来。查格姆只能看到她赤裸的双足。

海风随着光线一起进入房间，查格姆呼了口气。

船上或许是装了香料，随着风时不时地飘来一阵甜香。周围很安静，船身缓缓地摇晃着，发出吱吱的响声。

赛纳的脚一动。查格姆望过去，发现女孩的双脚间有什么东西来回窜动——那居然是一只小白鼠。

小白鼠爬上了赛纳的右脚背。赛纳脚背一动，小白鼠又迅捷地跳到了左脚的脚背上。赛纳的双脚有节奏地交换动着，小白鼠也在她的两脚之间来回跳动。

"小白鼠训练有素啊。"查格姆喃喃道。

赛纳含笑说："珀衣，打个招呼。"

话音刚落，小白鼠像是听懂了似的，离开了赛纳的双足，跑进了船舱。它虽然没有凑近，却在地板上仰头看着查格姆，然后就像鞠躬似的一点头，又回到了赛纳的身边。

查格姆忍不住笑了出来。

赛纳用手捧起珀衣。从她此时的动作神情，很难想象她是一艘海盗船的船老大。

"兹阿拉·卡西那，船魂……"

查格姆不由用桑加语问道："你成为船老大有多久了？一个年轻姑娘当海盗船的船老大可不多见。"

赛纳把门拉开了一点，露出脸道："吓我一跳，你的桑加语说得真好。"

查格姆微笑道："我会说一点儿。"

或许是因为这句话听上去并不是那么郑重，赛纳的表情也柔和了许多。

"船魂只有在阿玛拉伊岛的船上才有，并不是一直有。"

赛纳舔了舔嘴唇，开始解释给查格姆听。

"岛上的女子怀了孩子之后，如果岛上一直有让人惊叹的丰收，鱼虾满仓，或者是抢来的船上装满了奇珍异宝，大家就会说，这幸运来自肚子里的孩子——雅鲁塔西·阔拉，也就是大海恩惠之子。

"大海恩惠之子是给人带来幸福的,所以不能像普通的孩子那样在陆地上养大。刚会扶着走,就必须作为船魂,被带上船养,让他给船带来幸运。然后,到了可以领头作战的岁数,就会成为船老大。"

查格姆听得津津有味,他认真地打量赛纳道:"也就是说,你被认为是可以给大家带来幸运的人。"

赛纳满不在乎地说:"不是认为,而是事实。"

她接着十分自信地说:"大海恩惠之子确实是幸运的人。无论面对怎样的艰难困苦,都必须将其变为幸福。我为了让我的伙伴们幸福,从海神那里领受了恩惠,才来到了这个世上。"

查格姆不作声,片刻后才道:"那可够辛苦的。"

赛纳扬眉道:"辛苦,什么意思?"

查格姆做出一个苦脸。

"你肩负着所有人的希望,就不觉得累吗?"

赛纳眨眼说:"当然有时候会觉得累。但是,现在情况不同,我们的故乡已经被达鲁修占领,如果继续干我们代代相传的海盗这一行,一旦被达鲁修抓住,弄不好会被吊死。我不但背负着船上伙伴们的希望,还背负着岛上人的幸福。那可不是件轻松的事儿。"

赛纳脸上浮出了笑容。

"但是,每次从绝境中脱身的时候,大伙儿都会满脸放光,每次听到他们说幸亏有我,我就特别自豪,这可不是每个女孩都能得到的夸奖。就像这次,正愁没钱的时候,就接到了这么一个平常想都不敢想的能赚大钱的活儿。那些年轻的伙计这下终于可以娶媳妇了。"

赛纳满不在乎的表情让查格姆哑口无言。

在自己绑架的人质面前居然能说出这番话。

"你所说的幸运是建立在其他人的不幸之上的，这你不在意吗？"

赛纳吃惊地看着查格姆。

"你说你的故乡被达鲁修占领了？为了挣钱，你居然不惜成为征服者的鹰犬，绑架素未谋面的人，难道你就不觉得内疚吗？"

赛纳摇摇头。

"有什么好内疚的？虽然对不起你，但这个世界不是你吃我就是我吃你。谁会对鱼叉上的鱼表示同情呢？"

"胡说，人和鱼一样吗？"

查格姆忍不住吼了一声，赛纳也吼回去："有什么区别？要想活下去就得躲开飞来的鱼叉，只要活着，大家都一样。逃不掉是他自己命不好。"

"照你这么说，被达鲁修占领难道是你们自己不争气？"

查格姆反唇相讥，眼里怒火熊熊。赛纳轻笑道："对啊。我们被达鲁修吞掉了。他们个头儿可比我们大多了。"

"原来如此。老老实实低头认输，已经开始摇尾乞怜了吧？"

赛纳猛地站起身。

"你刚才张口闭口达鲁修的爪牙、鹰犬，我可不是为了达鲁修干活，千万别搞错了！"

查格姆一字一句道："怎么会搞错，你的老大难道不是达鲁修的密探吗？"

赛纳脸涨得通红,摇头道:"那又怎么样?我们是为了赚钱,可不是为了向达鲁修摇尾巴!"

"为了钱?那是借口!"

"不是借口。"

查格姆盯着赛纳,低声道:"那好,我告诉你,我比那个达鲁修的密探出价更高,你放我走!"

这句话出乎意料,赛纳一时无言以对。

沉默了很久,赛纳才开口道:"除了金钱以外,我们珍惜的还有三样东西,一是胆量,二是知恩图报,三是言出必行。"

赛纳脸色凝重地接着道:"我和休戈约好的事绝对不会因为金钱而反悔。"

说完一转身,她关上门走了出去。

赛纳虽然离开了,但空气中仿佛还弥漫着愤怒的情绪。

她活得多简单,多幸福。

查格姆按捺住了气愤,却忍不住在心里把她痛骂了一顿,骂过之后又觉得心里有种苦涩的空虚。

要摆脱这种状态就不能让自己的愤怒爆发,不能一味地叱责对方,而是要努力把对方拉拢过来。刚想到这里,查格姆摇摇头,那个丫头虽然单纯,可是并不蠢。

如果想拉拢她,赛纳马上会察觉,而且会看不起查格姆。

在昏暗闷热的船舱里,查格姆呆呆地想今后应该怎么办。

先把身上的伤养好,在这期间考虑如何逃脱。

但是……

逃脱也有些犹豫。

休戈坚定的双眼仿佛浮现在面前。

他是一个神奇的男人，深不可测，坚定不移。即使用了些谋略计策，也让人觉得他是个有自己的理想和抱负的人。

他虽是密探，却不唯命是从。虽然抓获了一国的太子，也不见他为了功劳骄傲自满，而是意外沉静。言谈举止彬彬有礼，虽是约格人却并没有在面对太子时表现出紧张，也没有将太子奉若神明的卑微态度。作为达鲁修的军人，他也没有对自己的阶下囚傲慢不逊。

查格姆甚至觉得对方刻意保持了一些距离，可以让自己更自在一些。

难道他是为了打消我的戒心……

查格姆不知道船上有多少达鲁修士兵，但迄今为止他只看到休戈一个人。没有严加戒备的士兵，也许会让查格姆产生错觉，觉得自己并没有被囚禁而像是受到了保护。

一定要稳住心态。只要自己一松懈，就会被人钻空子。

休戈到底在考虑什么？

让查格姆登基才是拯救新约格王国的唯一途径。这句话到底是什么意思？

查格姆长时间地思索这个问题，甚至连渗出的汗珠都忘了拭去。

直到太阳西下，船才驶离港口。

查格姆觉得船已经停留了很久，但是对于水手们来说，这次停船靠港实在过于短暂。因为休戈不允许在港口过夜，海盗们都嘟嘟囔囔，显得十分不满。

休戈最担心的是不能让船上有查格姆这件事走漏半点儿风声。休戈用钱摆平了那些想在酒馆过夜的汉子。

休戈持有达鲁修密探的证件，所以达鲁修的检查官并没有上船检查，如果在其他港口事情还好办些，但这个港口达鲁修士兵众多，如果检查官把船上有密探的消息泄露了出去，难保不会有人在什么地方打歪主意。

远离港口，用过晚饭后，夜色如常降临。除了值班的人，大家似乎都睡着了。等船内安静之后，查格姆坐了起来。

他用手扶着板壁撑住身子，想站起身来。但只稍稍一动，左肩就一阵剧痛，不过已经没有头晕目眩的感觉了。

查格姆用手扶着板壁缓缓走出船舱，上了一段短短的台阶。每踏一个台阶，查格姆都觉得自己腿上的肌肉在颤抖。身子如此虚弱让他吃了一惊。当他爬完楼梯，已经是气喘吁吁了。

来到甲板上，眼前的夜空繁星灿烂。

查格姆一屁股坐在甲板上，仰望着星空。周围风帆猎猎，波浪涌动，船板吱呀，还有宜人的海风。

突然，查格姆看到了一簇稍纵即逝的火苗。仔细定睛一看，发现有一个人影靠在船首。火苗又是一闪，休戈的面庞在微微的亮光中浮现，瞬间又消失在黑暗中。

查格姆用手支撑着自己站起来，在摇晃的甲板上蹒跚着一步步前行。休戈回过脸来，似乎有些诧异地看着他。

查格姆全凭自己的力量走到了休戈的身边，然后将背靠在船首上。

休戈一言不发地凝视着气喘吁吁的查格姆。

休戈还是第一次看到查格姆单独站立，他意外地发现眼前的少年身量很高。他自己在约格人里已经算是高个子，但是查格姆跟他大概只差一个拳头。也许是因为比较瘦，所以有些没有发育成熟的单薄感。

查格姆侧过脸，仰望着星空。

"都是些平时不常见的星星。"

休戈也仰望星空。

"对我来说，马上就要看到故乡的星空了。"

为什么要这么跟休戈搭话，查格姆自己也不明白。

休戈把手里的烟递了过来。

"您吸吗？"

查格姆摇摇头。

"我讨厌巧屋炉。"

休戈微笑着道："在新约格把这叫作巧屋炉吧？我们把它叫作巧炉。"

休戈的视线转向了黑色的海面，低声说道："凯南·纳纳伊在渡过这片海洋时，心里在想什么呢？带着如此多的族人，前往一个星辰位置都不同的遥远半岛……"

查格姆不由得看了一眼休戈的侧脸。

约格人在遥远的过去分成两支，但如今他们不知已繁衍了几代的子孙却如此相对而谈，查格姆心中掠过了一丝不可思议的感觉。是啊，纳纳伊从这些星辰中读到了些什么？他又是怀着怎样的心情横渡这片海洋的呢？

"约格和新约格很不同吗？"查格姆喃喃道。

休戈望着海回答道："有相同之处也有不同之处。房屋的样式、料理的款式、语言都很像……"

休戈吸了一口烟，静静地将烟吐了出来。

"最不同的，或许是新约格不习惯战争吧。我的故国已经习惯与邻国作战。新约格、坎巴、罗塔、桑加都没有经历过战争，这让我很吃惊。"

查格姆脸色一变，道："你是想说毁灭不习惯战争的国家很容易？"

休戈把视线转回到查格姆脸上。

"不是……"

休戈眨了眨眼道："也许您不相信，我讨厌战争。"

他的声音很小，像是自言自语。

这是查格姆没有想到的回答。眼前这个目光锐利如鹰隼般的男子居然会说出这样的话。查格姆不由自主地看着休戈道："那你为什么会成为达鲁修帝国的爪牙？"

第三章 查格姆与嵐

休戈想说什么，又闭上了嘴，眼里浮现出苦笑。

"说来话长。怎么说好呢……"

他屈起手指，摩挲着鼻尖，突然问道："如果您被怪物吞吃了，会怎样？您待在怪物的肚子里，看到它又打算吞吃别人。"

查格姆皱眉道："那我就咬烂它的五脏六腑。"

休戈呵呵一笑。

"我说的可是一个无比庞大的怪物，就像我们这样的，咬两口都无关痛痒的大怪物。"

休戈把目光投向海面，低声道："能做什么……过些时候，您就明白了。"

仿佛有什么东西落在心中，又扩散开来。查格姆盯着眼望海面的休戈的侧脸。

查格姆低声问道："你为什么要绑架我？"

休戈转过脸。

"为了立功。"他的嘴角微微上翘，但马上很严肃地道，"而且我不想看到无谓的战争。"

为了不让执勤的士兵听到，休戈压低了声音，他的眼里却蕴含着令人惊讶的真诚。

"达鲁修帝国的王子们与约格的王族不同。如果有不靡费军费、不让士兵丧生的方法，一定会是他们的首选。你只要以他们的兵力为后盾，返回故国，逼你父王退位，然后登基……接下来，像桑加王族那样选择服从达鲁修帝国的道路，那新约格王国就不会被烧成一片废墟。"

　　查格姆只觉得浑身冰冷麻木。他一句话都说不出来。

　　"风开始大起来了，您还是早些休息吧。"

　　查格姆没有应答。

　　他缓缓地直起身，一步一步地开始走，绝不摇晃。

　　查格姆咬着牙，一个人回到了船舱。

　　休戈为什么要查格姆登基，查格姆终于隐约地明白了。

　　回到狭窄的舱室，在黑暗中，查格姆双膝跪在铺位上，用冰冷的双手捂住了脸。他既不能哭，也不能呻吟，查格姆只能不断面对自己脑海里走马灯似的各种思绪。

　　在叽叽喳喳的鸟叫声中，查格姆猛然惊醒。

　　舱室里还是漆黑一片，但透过舷窗看到的天空已经是淡紫色的，预告着凌晨即将到来。

　　甲板上传来脚步声，鸟扇动翅膀的声音，还有压得很低的交谈声。查格姆来了兴趣，他轻轻起身，尽量不出声地打开了船舱的门。坐在通往甲板的楼梯低层，人说话的声音听得更加清晰一些。

　　交谈的人用的不是桑加语而是约格语。这是休戈的声音。还有一个人的声音也似乎在哪里听到过，却想不起来。

　　"对，似乎这样……已经忍无可忍……对，特别有才干。那些干活懒散的达鲁修人都很嫉恨。"

那男子说完,就听到了休戈从容不迫的声音。

"他们都来自属国,在达鲁修的行政领域,比我们约格人扎根更深,所以应该与他们好好打交道,或许应该马上回复。"

一阵鸟儿扇动翅膀的声音之后,又传来吱的一声尖锐的鸣叫。

"好好,别闹。快拿些水和鸟食来。"

听到有人开始走动,查格姆慌忙回到了舱室,他躺到铺位上,屏住呼吸一动不动。脚步声从甲板上一路下来,但并没有在查格姆的房前停留。一会儿,隔壁舱室传来关门声。

他们到底在说什么?

查格姆躺在床上思考着。好像与自己被俘的事无关,但还是让人放心不下。

查格姆听到了鹰的叫声,难道是鹰从其他地方带来了书信?

属国是指被达鲁修帝国征服的国家。休戈的故国约格也是其中之一。达鲁修帝国拥有许多属国。

"在达鲁修的行政领域,比我们约格人扎根更深。"

休戈的这句话仍留在耳畔。

在达鲁修帝国,被征服的国家的人也可以从政。而且被征服国的人相互之间原来是用那种方式联系的。

查格姆好像隐约看到了遥远的大国在国政上的烦琐复杂。

达鲁修帝国并非浑然一体。

被征服的许多国家的人都可以从政,查格姆觉得这种做法相当有风险。难道其中就没有想向剿灭故国的对手实施报复的人吗?

被怪物吞噬的男子汉们是已经成为怪物血肉的一部分,还是在怪兽的腹中,各自心怀鬼胎呢?

不久后在静静的波浪声中,查格姆再次进入了梦乡。

4 风暴

查格姆乘坐的船进入了桑加王国的最南端,桑加群岛海域。

这片海域被达鲁修帝国统治已接近两年。

查格姆已被允许在甲板上行走,他靠在船舷上,看着那些形状宛如倒扣茶碗的岛屿。

桑加的卡丽娜公主告诉过他,这片区域曾被当作可以最先放弃的领地。查格姆想起了公主当时冰冷的声音。

没想到自己可以亲眼看到桑加群岛……

查格姆觉得紧紧抓住自己、让自己随波逐流的命运真是不可思议。

目前的状况也可谓不可思议。自己被敌人俘获,将被带往达鲁修帝国,在船上度过的时光却又是如此悠闲自在。

天蓝海碧，在通透的海天之间，沐浴着明亮的阳光，甚至会让人忘记自己是一个囚徒。

尽管如此，查格姆心中仍有无尽的暗影。每当他想到旅途的终点，他都会被暗影深处传来的声音所迷惑。那声音嗫嚅着告诉他：要想从这碧海上的彷徨中逃脱，就只能选择死亡……

阳光在海面上的反光十分刺眼，长时间注视会刺痛双眼。

查格姆叹了口气，把目光从海面上移开，转脸看向桅杆。他发现在桅杆的最高处有个小个子的身影，正在忙碌着什么。

赛纳……

她爬得可真高啊！不是还有其他水手吗？查格姆望向甲板，与一个上了年纪的桑加人四目相对。这个桑加人皮肤被晒成了古铜色，脸就像是皮革一般，他笑着道："这家伙，像个猴子吧？"

这声音嘶哑得让人吃惊。

"她爬这么高的地方不会出事吗？"查格姆用桑加语问道。

老人耸耸肩道："出事？当然没事儿啦！我们老大很久以前就像个男孩子一样，船上的把式样样精通。别看越来越有少女的模样了，功夫可没丢。"

老人笑眯眯地扬起了粗粗的眉毛。

老人手搭凉棚仰望赛纳的双眼里闪着自豪的光芒，像是看着自己心爱的孩子。

老人大声呼唤赛纳："老大，马上就要看到阿玛拉伊岛了吧？"

或许是听到了呼喊声，赛纳向他们看了一眼，然后用手向西南方向一指，视线立刻回到了桅杆。她继续埋头工作。

"有一年多没回去了。"望着赛纳手指的方向，老人自言自语道。

"你们的故乡就在这附近吗？"查格姆问道。

老人望着海点头道："你看到那个形状丑陋的岛了吗？那就是洛克莱岛。看到那座岛之后，再走个五天左右，就到阿玛拉伊岛了。很久没回去了，家里的婆娘脸都等黄了吧。"

说着，老人发出一阵带有痰音的笑声。

"要说这一带的海水颜色可一点儿没变啊，还是让人看着那么舒心。那些烦人的达鲁修看守来了之后，大老爷们都老实多了，也看不到那些明目张胆打着海盗旗的船了。就只有这海水的颜色没有变啊……"

说着，老人不经意地往甲板扫了一眼，突然高喊起来："喂，你这笨蛋，干吗呢！有这么收船帆的吗！"

甲板上的少年吃了一惊，抬起头来。老人大步走过去，冲着少年的脸，抡起碗大的拳头就是一下。少年也不哭叫，咧着嘴摸着头，点头哈腰地道歉。

原来如此，赛纳的故乡就在这一带。

最早被达鲁修帝国的侵略巨浪吞噬的地方就是位于南部边缘的岛屿。达鲁修来袭之时，人们是如何抵抗，又是如何败退的呢……

查格姆有些神思恍惚，突然船尾传来了一个失望的声音，因为是女人的声音，所以让查格姆很吃惊。他透过晃眼的阳光向声音传来的方向望去，发现果然像是个女人的身影。

查格姆扶着船舷，走到了船尾。

一个身形丰腴的女子半个身子探出船外正在忙碌着什么。她的皮肤接近茶褐色，个子不高，手脚都很粗壮。仔细一看，已经上了年纪，大约五十多岁。虽然浪高船晃，但她稳若泰山。

女子唰地举高了右手。一条小鱼闪着光飞上空中，又落在甲板上蹦跳不已。女子蹲下身，用粗粗的手指灵活地按住了小鱼。这时她才注意到查格姆，女人满是皱纹的脸上浮出了困惑的笑容。

查格姆觉得她的长相不像是桑加人。看到她粗粗的食指上卷着钓鱼用的线，查格姆问道："你不用钓竿，用手钓鱼，不会弄痛手指吗？"

查格姆用的是桑加语，女人微微一侧头，把手拢到耳边，像是有些耳背。查格姆走上前去，又把刚才的话重复了一遍。女人脸上的笑容更盛，道："我已经习惯了。"

她把自己的手指给查格姆看，她的手指上有一层厚厚的老茧。原来如此。

女人熟练地把小鱼从鱼钩上卸下来，丢进一个筐里。然后在鱼钩上装了一片肉，再次扔进海里。

看着鱼钩缓缓地沉入湛蓝的海水中，查格姆问道："你是海盗吗？"

女人看了查格姆一眼，耸肩道："我是做饭的。"

她一边确认钓线的感觉，一边嘟嘟囔囔地说："我家本来有条船，过得挺自在的。后来遇到了风暴，很厉害的风暴，家里人一个不剩都被吹跑了，只有我这条船被人救了。"

女人的口音很重，声音又低得像是自言自语。查格姆听得不是很真切，但大概听明白了意思。

女人突然开始收线，嘴里啧了一声，表情严肃地盯着海面，然后又看看远处岛屿的阴影。过了一会儿，她突然开始把钓线迅速地绕在自己的手指上，接着在查格姆的肩上轻轻一推。

"你快回舱室吧，抱紧柱子，注意别撞到头。"

说完这些，女人抱起桶就走，还对桅杆附近的男人们大喊："小鱼都钻进深水区了，鸟也躲到岛上去了！暴风雨就要来了！"

查格姆仰望天空，云卷云舒，一片晴空。

这么晴朗的天气会有暴风雨吗？

看着男人们开始忙着收帆，查格姆回到了舱室。

过了没多会儿，眼看着天就黑下来了，风也大了起来。船摇晃得更厉害，在甲板上奔走的男人们也开始大声吼叫。雨唰地一下落了下来。

电光闪闪，雷鸣阵阵，风像野兽般咆哮。

就在查格姆感到有些恐慌的时候，听到了下楼梯的脚步声。休戈走进了舱室。他的黑发已被淋湿，贴在前额上。

休戈把舱室的门关紧，从里面上好了门闩。刚开始下雨的时候，查格姆就关上了舷窗。而休戈更是扣上了锁，防止窗板脱落。

蜡烛的火苗在幽暗的舱室里摇曳。

"那个做饭的女人说暴风雨就要来了……"查格姆喃喃地道。

第三章　查格姆与鹰

休戈把额前的头发撩起来，点头道："据说那个大婶可是看天气的名人，原本是拉夏洛人。所以连这艘船上的海盗都不敢小瞧她。"

查格姆瞪大了眼睛。原来她是拉夏洛人，难怪她说有什么自家的船。

"请恕我失礼，请殿下抱住这根柱子。船会越晃越厉害的。"

休戈向他招招手，查格姆用右手抓住了柱子。

"不是抓，而是要紧紧抱住。抱好了吗？我把蜡烛吹灭了。"

也许是怕蜡烛倒下点燃了被褥。虽然明白其中的道理，但是在黑暗中，还是让人有些胆怯。

看着查格姆的脸，休戈微笑道："不要紧，桑加的船抗风暴很有名。要注意的是船的摇晃。船晃动有可能会撞到其他东西。所以一定要抱紧这根柱子。"

查格姆点点头。

这时船已经摇晃得像是水里漂着的一片叶子。刚觉得身体被高高抬起，马上又变成横向的晃动，接下来又猛地往下沉。

一片漆黑中，查格姆只有拼命地抱住柱子。他的身体被拉向各个方向。每当左肩用力的时候都会感到剧痛。

风呼呼作响，随着唰唰的雨声，不知从哪儿钻进来一股风。如果风钻得进来，那么一旦船侧翻，水也会进来。船吱呀作响，船板究竟能撑多久呢？

海天之间的无穷力量把这艘小小的船无情地抓起来，似乎要将它碾得粉碎。

太可怕了。查格姆的身体激烈地旋转着，他禁不住上下牙直打架。

突然他的腰带被抓住了。休戈拉住查格姆的腰带，连拖带抱地把他按在柱子上。被拉向四方的感觉虽然没有消失，但身体不再旋转，查格姆大大地松了口气。

休戈身上的烟味和背后传来的温暖，让查格姆身体的颤抖也一点点停了下来。

船似乎被推得很高，但迅即横转过来。查格姆紧紧闭着眼睛，手臂更加用力。

"不要说话，咬到舌头很危险。"

耳边响起休戈的声音，那声音中带着一丝笑意。

仿佛搔到了痒处，查格姆噗地笑出了声。

休戈突然哼起了一首歌。这是一首查格姆从未听过的歌，曲调很欢快。当浪头过来，身体被压在柱子上时，休戈的哼唱音调似乎也被压变了形。

查格姆一直在笑。恐惧在他的心底，笑声却像水泡般从心底不断地升起。

在暴风雨肆虐的很长一段时间里，休戈都一直像唱摇篮曲那样地哼唱着。

不知道这样的情形到底持续了多久。

查格姆突然发觉雨声已经停了。船身虽然还在大幅晃动，但风声已经小了很多。

过了一会儿，有人敲舱室的门，还用桑加语问道："你还活着吗？暴风雨过去了。"

休戈小声问："没事儿吧？"

查格姆点头道："没事儿。谢谢你。"

休戈放开了他，查格姆顿时觉得背心凉了许多。

休戈摸索着走到门边，撤去了门闩，打开了门。

光线和风一起涌了进来。

"这可太棒了。"

休戈的声音明朗快活，他转过头。查格姆缓缓站起身，甩着僵硬的手，走到门边。

甲板上方的天空鲜红一片。

查格姆走上甲板，屏住了呼吸。

晚霞无比艳丽。连粼粼的海浪都泛着红光。

"暴风雨把天空荡涤一净。"休戈喃喃地说。平时喧闹得让人烦心的桑加男人们也伫立在甲板上，望着晚霞心驰神往。

查格姆从休戈的身边缓缓走过，来到船头，把手放在了船舷上。

直到火红的世界逐渐变成紫色，男人们才开始走动。肚子饿了，大婶开始生火做饭了没有？他们交谈着，嚷嚷着四散而去。

休戈也走向阶梯，但突然停住了脚步。

查格姆右手搁在船舷上，仿佛雕像一般伫立不动，似乎连呼吸也停止了。

休戈看到查格姆的双眼，不由心惊。

这是他曾经看到过的眼神——不属于这个世界，而是属于凝视着其他世界的人，空洞而虚幻。休戈甚至觉得查格姆的身体在一瞬间是透明的。

休戈感到自己的后颈起了一层鸡皮疙瘩。他突然想起了有关眼前少年的一些奇闻。查格姆太子年幼的时候身上寄宿着异界水精灵的卵，化解了一场大干旱……

从少年身上嗖嗖地似乎飘来了什么，落在休戈的脸上。

鼻端是鲜冽的水的气息，休戈觉得自己在颤抖。这是无法忘却的气息。像海的气息，也像是打湿甲板的雨的气息，是一股凉爽的水的气息……

眼前的景色瞬间发生了变化。带着琉璃色光辉的水，荡漾着扑面而来，休戈咬紧了牙关。

在透明的水中，少年微笑着。

眼中满是热切的希望，希望自己被琉璃色的水吞噬、融化。

琉璃色的水流淌着，带着粼粼波光荡漾着，少年的身子开始融化……

他要走了！

休戈念头一闪，恢复了神志。

他伸出颤抖不停的手，抓住了少年受伤的肩膀。

少年的脸因疼痛而扭曲，在这一瞬间，就像气泡破裂一般，琉璃色的水消失了。

被水打湿的甲板黑黢黢的，海风的咸味也重新出现，海鸟又开始在耳畔鸣叫。

休戈把颤抖不已的手放在自己的膝头，拼命地调整呼吸。他抬起头，发现查格姆脸色铁青，表情僵硬地瞪着自己。

两人一言不发地对视了片刻。

"为什么……"查格姆细声低语道。

休戈挺直腰板，抹去了额上密密麻麻的汗珠。他闭上了眼，调匀呼吸，然后缓缓睁开眼睛看着查格姆。

"您不可以逃避。"

查格姆像遭到雷击般狼狈不堪。休戈的眼神坚毅，以一种仿佛忍受痛苦般的神情凝视着查格姆。

这个男人知道我的秘密！

查格姆松了口气，开始用已经麻木的大脑思考。

他知道刚才我看到纳由古，并差点儿被纳由古带走。

这个男子甚至知道这意味着什么。

查格姆用一种空洞虚幻的声音问道："你也看到了吗？"

休戈微微点头。然后吸了一口气，不再看着查格姆。

"我看得见——虽然主动想看时无法看见。但只要站在被那个世界吸引的人的身边，自己也会被卷进去。"

休戈凝视着海面，脸上的神情仿佛在忍受某种痛苦。他仍然不正视查格姆，接着说："不要逃避……殿下逃避了，百姓会怎么样？"

查格姆用全无血色的手指捂住了嘴。

然后又捂住了脸。他想压抑住自己的呜咽,呼吸十分急促。

鼻腔的深处依然残留着纳由古鲜冽的水的气息。在夜光沙虫闪烁生辉的那一晚,查格姆也看到了纳由古的海,但是刚才的海更加寂静,更加缺乏生物的身影。不过那种感觉依然让查格姆迷茫,那种遥远世界的深邃的静谧,那种幸福的静谧……

身体里残留的感觉渐渐地消退,查格姆重新回到了冰冷的现实之中。

休戈干涩刺耳的声音震动着耳膜。

"您是天帝之子,应该救民于水火,您却要选择逃避吗?"

查格姆放下了捂在脸上的手,抬眼望着休戈。

休戈正视着查格姆。

"您的双手可以拯救成千上万的人,即便如此,您还是打算逃避吗?"

查格姆咬紧了牙。眼泪涌了出来,又顺着脸颊滑下,但是查格姆并没有将其拭去。

"我的立场……"查格姆颤抖着吸了一口气说,"也可以夺去成千上万人的性命。"

查格姆仿佛在呻吟。

"我如果走错路,会让很多人失去生命。"

查格姆把牙咬得咯吱作响。他闭上眼,又睁开,眼含泪光瞪着休戈道:"这种事你已经做过了吧?如果我利用达鲁修帝国的力量……"

休戈伸手做了一个下压的动作,示意查格姆放低声音。查格姆的声音虽然放低了,但是声调依然十分严厉:"……就可以让父王退位,拯救国难。但是,父王不是唯唯诺诺轻言放弃的人。即使面对数万雄兵,父王也会昂首赴死。"

查格姆的脸上浮现出深重的悲哀。

"正所谓'吾得授天意治国,与其拱手让人,弗如战至子民尽殁'。这才是父王会选择的道路。我如果戕害父王得承帝位,或许会像你说的那样,成千上万的人不至于白白牺牲。但是……"

查格姆泪流满面地喊道："我会因为苟且偷生而杀害自己的父亲吗？"

查格姆气咻咻地吼道："难道你要我成为达鲁修的走狗，用被父王鲜血玷污的双手去统治百姓吗？"

查格姆的脸色惨白，泪流不止。

"我并不想成为那样的国王……"

休戈眼里的怒气消失了。他眼神黯淡地看着浑身颤抖着努力压制自己呜咽的少年。

晚霞不知何时已经消退，只留下一条黄色的光带，天空慢慢被夜色占据。

星辰已经开始闪烁，两人仍伫立在甲板上。

5 鹰爪之下

赛纳给被囚禁的少年端来了晚饭，但当她看到放在舱室外的托盘时，脸沉了下来。装果汁的杯子已经空了，但其他的饭菜几乎原封未动。炖肉已经凉透了，表面形成了一层白色的油脂膜。

赛纳叹了口气。

少年在黄昏中甲板上的哽咽啜泣，至今还在耳畔。

少年和休戈的对话，赛纳在舷梯附近都听到了。因为两人都压低了声音用约格语交谈，所以赛纳并不理解他们说话的内容。但是少年的声音有时会拔得很高——单凭这些就足够推测迄今为止赛纳并不掌握的事实了。

那个少年……并不是贵族的子弟，应该是新约格王国的王子。

虽然赛纳一开始就察觉到这并不是一起为了赎金的绑架，但是她完全没有想到自己居然卷进了如此巨大的事件当中。弄不好自己甚至会成为毁灭新约格王国的帮凶。

"难怪他们愿意出这么多钱。"

赛纳坐在舷梯上，托着腮帮子想。

达鲁修的手下……

赛纳皱起了眉头。

赛纳端详了紧锁的舱门片刻，然后又叹了一口气，拿起托盘站起身。

在赛纳去厨房的时候，休戈还在空无一人的甲板上。他坐在桅杆下，呆呆地仰望着星空。

今天黄昏时分看到的情景，让休戈思索到现在。

查格姆的眼神分明是在看另外一个世界。民间的传唱、百姓间的传言都说太子查格姆拥有神奇力量，看来并不是妖言惑众。

那张已然远去的面庞又在休戈的心头浮现。

那人时常用和查格姆一样的眼神凝视着异界，充满了对异界的憧憬，充满了前往异界的热望。

有着那样神奇的双眼却作为太子诞生，查格姆应该很痛苦吧。

他分明看到了自己可以逃避的场所，却只能直面人生无从闪躲。对于查格姆那样的少年来说，这该多么痛苦。

休戈心不在焉地看着手中巧炉发出的红色火光。将一国的命运承载于一个十五岁的少年身上，休戈不是不理解这种做法有多么残酷。但是休戈越来越觉得，如果那个少年知道自己的处境，终究会明白这才是最佳的选择。

夜风吹在脸上有些湿热，休戈思索了很久很久。

"你说什么？经由约格去帝都？"在昏暗的舱室里，正在和休戈推杯换盏的索多库一挑眉头说，"这太愚蠢了。绕这么远，宝贝被那些不相干的人抢去的风险太大。首先我不明白为什么要那么做！"

休戈用手玩转着酒杯，低声说："我想让他看看现在的约格属国。被达鲁修帝国征服的国家变成了什么样，如果他亲眼看到，收获也会更多的。"

索多库脸色一变。他看着低头晃动酒杯的休戈，心中涌起不安。

"你不会是在动什么心思吧？"

休戈皱起眉头看着索多库。

"什么念头？"

"难道你同情太子，想帮他的忙？"

休戈苦笑道："难道有什么帮不得吗？"

索多库神情不悦地道："开什么玩笑……"

休戈脸上的笑意更深，道："我当然不是开玩笑。那个少年的判断将很大程度影响达鲁修帝国的未来。我并没有背叛任何一个人。"

休戈笑得有些倨傲，他接着道："如果他是个傲慢的少年，我已经准备了相应的办法。如果他比较迟钝，我也有应对的手段。不过他两者都不是。"

索多库冷笑道："那是什么？你觉得他还成得了气候？"

休戈浅浅一笑，并不作答。

索多库有些不耐烦地把酒杯搁在桌上，低声道："你不知道你自己正在走一条很危险的钢索吗？"

索多库两眼闪烁着光芒。

"你这家伙很了不起。同一时间可以向很多方向下手，左右逢源，我和你认识的日子够长了，但有时连我也觉得有些恐惧……要知道恐惧有时很容易会变成敌意。"

休戈盯着杯子，脸上笑意不减。

索多库口气严厉地接着道："你和对帝国抱有反感态度的人巧妙勾结，你虽然不是达鲁修国人，却立下大功，让拉乌鲁王子另眼相看，要知道将这些视作威胁的可是大有人在。"

索多库探出身子，口气依然严肃，他压低声音说："这次可是个大家伙。你是约格人，却抓了个约格俘虏。达鲁修人是看不出新约格和约格的区别的，所以尽可以随便怀疑猜测，您为什么要自己送上门去让人怀疑猜测呢？"

休戈抬起眼，不再看酒杯，而是凝视着索多库，然后站起身，静静地道："感谢你的好意。不过，我的事不需要你操心。"

休戈走出了舱室，索多库连目送他背影的心情都没有，沉着脸仰望着半空。

船进港之后，查格姆的舱室就被锁了起来。与上一次靠港时相比，天气已经凉快了许多。但是一旦锁上门，舱室里还是闷热得透不过气来。

查格姆呆呆地躺在床上，看着水渍斑斑的天花板。他觉得浑身乏力，甚至懒得思考。

头顶上方可以听到水手们的吵嚷声和脚步声，一时间喧闹不休。但也许大家都上了岸，过了片刻，声音消失了，只剩下远处的熙熙攘攘声。

门吱呀一声打开了，光线射了进来。休戈背对着光亮站在门口。

"殿下，您不上甲板看看吗？"

查格姆并不起身，只是仰望着休戈。他实在是懒得起身，但是吹进舱室的风让查格姆有些心动。他缓缓地坐起来，收拾了一下，然后跟着耐心等在一旁的休戈上了甲板。

一瞬间，查格姆瞠目结舌。

眼前是无比庞大的建筑群。查格姆甚至觉得自己是在做梦，因为所有的建筑物都高耸入云，从未见过，而且一直伸展到极目所至的天边。

港湾的弧度很小，岸边都是巨大的石头建筑物。前方是大小各异的桅杆，宛如一片密林。

各种颜色的风帆，来往的民众，数量之多，平生仅见……

"这里是马南，曾经是桑加王国最南端的港口城市，作为南方大陆的交易门户繁荣一时。在成为达鲁修帝国的领土之后，这里修建了许多达鲁修式样的建筑物。"

休戈的声音让查格姆清醒了过来。

"达鲁修的街道都是这种样子吗？"

休戈摇头道："不是，这里还有很多地方保留了桑加的风格。道路狭窄，也不完善。"

道路狭窄……

建筑物之间是仿佛测量过一般的道路，相互之间距离均等，呈放射状，每条路都比新约格京城的大道更为宽阔。无论是道路还是建筑物都整齐有序，让人觉得肯定是经过测量后规划的。

"在马南生活的民众……"查格姆低声道，"比桑加时期还要富足吗？"

休戈在灿烂的阳光中眯起了眼，他沉默了片刻，道："在生活便利的城市居住，受达鲁修帝国的保护，只要有实力，就有机会出人头地……但是，几乎所有的家庭都有丈夫或儿子被达鲁修征去服兵役，而军费是由税金承担的。"

休戈凝视着查格姆道："达鲁修帝国是很巧妙的统治者。他们让属国出钱承担攻打其他国家的费用，夺去反抗达鲁修的国家的国力。最初课以重税，但如果属国士兵在攻打其他国家时表现勇敢，达鲁修就会给士兵及其家人以臣民权，可以享受与达鲁修人相同的低税。属国士兵为此都希望侵略成功，可以让家人不再负担重税。"

休戈的声音十分平稳。

"达鲁修是靠剿灭其他国家而富足起来的。就连能不能做皇帝也看是否有灭国之功。换句话说，达鲁修就是靠蚕食其他国家而生存的野兽。"

两人默不作声地看着港湾的风景。

为什么休戈会告诉自己这些?

查格姆并不理解休戈的意图,但是如果他肯告诉自己达鲁修帝国的内情,那自然是多多益善。查格姆看着休戈的侧脸,更进一步问道:"属国的民众是怎么想的呢?对达鲁修的统治没有不满吗?"

休戈依然眺望远方,回答道:"我刚才说了达鲁修的统治很巧妙,他们会一点点地改变语言、货币甚至是所有的生活方式……民众会渐渐习惯,但不会察觉。在我的故乡约格,已经基本看不到约格的货币了。武士、商人的子弟都知道不会说达鲁修语就不可能升官发财。所

以总有一天，约格语也可能会消失。"

查格姆脸色苍白，呆呆地看着眼前的街景。

"殿下不想看看约格属国吗？"

休戈的提问让查格姆猛地抬起头来。那是自己祖先诞生的国度，但现在已经成了达鲁修帝国的属国。

"想看……如果可能的话，想亲眼看看。"

休戈的眼角浮现出笑意。

"那好，在前往帝都之前，我让船绕道去一下约格。事实上，正是因为如此，今晚船才会在港口停泊。海盗们坚持说，如果绕远路一定要在马南放松一下才行。"

查格姆脸色微微一变，他抬眼看着休戈。

"你为什么要为我做这些？"

休戈若无其事地回答道："我的工作就是让新约格王国能迅速成为一个优秀的属国。而您将成为属国国王，难道您不认为应该看看属国是什么样的吗？"

查格姆沉着脸不回答。

虽说听上去很有道理，但总觉得有些不对劲。不过，无论眼前的男子究竟在想什么，去看看属国的状况总比直接被带到达鲁修王子那里要强些。

望着异国港湾的风景，查格姆觉得情绪高昂，而这种高昂的情绪与以往完全不同。

来到这里或许并不是件坏事。

自己被抓之后，之所以被带到这里是因为要担负起责任，扮演一个对达鲁修帝国言听计从的角色。即便如此，自己得以离开那个狭小的宫殿，得以看到眼前的异国景色，这并不容易。

现在自己正在看世界。与在狭小宫殿中自己在心中所描绘的世界相比，眼前的世界广袤无垠，也纷繁复杂。

而且，自己还有机会走进敌人的心脏。

事已至此，摆在眼前的命运就没有办法逆转利用吗？

查格姆觉得自己的心静静的，开始充实起来。

无论达鲁修帝国如何强大，胜负还没有尘埃落定。

较量才刚刚开始，时机、运气都还没有用完。

也许有一天，达鲁修王子会因为把自己当成阶下之囚，又向自己亮出底牌而感到后悔——现在说不定还有机会可以扭转未来。

眼前的白光如此炫目，让查格姆不由得眯起了眼睛。

自己还不成熟。而且孤身一人，也无法让修加辅佐，此刻或许还无法找到正确的道路，甚至有可能做出错误的选择。

即便如此……

就像休戈所说的那样，自己所肩负的是成千上万人的未来。又如何能放弃呢！

查格姆贪婪地打量着眼前的马南港，眼神渐渐地坚定起来。

背后传来了一阵咳嗽声。查格姆回过头，发现此前的拉夏洛女子端着一个装有鱼内脏和蔬菜的桶走上了甲板。她很随便地将垃圾倒进了大海，对港口不屑一顾，正打算返回船舱。

"你不去城里吗？"查格姆问了一声。

女人抬起头有些诧异地望着查格姆。查格姆想起女人有些耳背，又问了一遍。女人不耐烦地摇头道："达鲁修味儿的港口我才懒得看呢。"

女人不屑地回了一句，走下船舱。

查格姆吃了一惊，休戈苦笑着说："拉夏洛人中有很多人看不起达鲁修。"

"为什么？"

"被达鲁修征服之后，苏加尔海的拉夏洛人被禁止在海上游荡。

他们被聚集在一个叫尼克的岛上，强制过着居岛渔民的生活。达鲁修人不但让他们的家人服兵役，还让那些正值壮年的人充当进攻桑加国的密探。"

休戈望向港口的建筑物。

"达鲁修希望对民众实施彻底统治，所以无法容忍像拉夏洛那样优哉游哉来往各国的民族。达鲁修对行商、流浪艺人等到处游荡的人也很苛刻。出门旅行必须向官府汇报目的和途经场所，领取库德，也就是路引。没有路引的人是无法通过街道关卡的。"

查格姆一字一句地回味着，点点头。这时，突然听到连接船与码头的船板上传来了一个爽朗的声音。

赛纳双手各提着一个包裹，踏着船板走了过来。她似乎上岸买了些东西。一个相向而行，打算上街的年轻男子正在逗弄腾不出手来的赛纳。男子正想伸手去摸赛纳，赛纳把手中的包裹高高地抛了起来。

慌乱中，查格姆没看清赛纳到底做了什么。只见年轻人大叫了一声，身子一转，从船板上跌落海中，而赛纳伸出手接住了下落的包裹，很敏捷地躲开了男子落海时溅起的水花。

"傻瓜！想碰我，再等十年吧！用马南的脏水好好洗洗你的脑子！"赛纳威风十足地骂道。

当她发现查格姆和休戈正在看自己，不由得苦笑。

"你买了些什么？"休戈问道。赛纳有些不好意思地笑着走上前来。

"这个。吃吗？"

赛纳把手中的一个包裹递给休戈，又解开另一个包裹上绑着的细绳。打开色泽鲜艳的塔万绿叶，里面是淡粉色的茶子饼。

"噢，茶子饼……居然被你买到了？不容易啊。"休戈说。

赛纳得意扬扬地道："我来过好几次马南了。刚才到约格行商经常去的市场逛了一下，看到茶子饼不错……你吃过吗？"

查格姆有些吃不准，类似的饼倒是吃过，但好像颜色有些不同。

"那我拿一个吧。"

"别客气。"

查格姆从叶子包里拿了一个团得小小的茶子饼放入口中。饼很软，表皮口感不错，咬破之后，里面是酸甜的果汁，是自己常吃的柑橘的香味。

看赛纳的表情有些紧张，查格姆笑着说："好久没吃到这种味道了。这和一种叫徹子的点心很像。"

赛纳笑容满面："吃点儿甜的，人马上就会有力气。多吃点儿，多长点儿力气。我去泡些塞茶来。你给我留两个。"

赛纳说得很快，然后风风火火地跑下了船舱。

"真是个急性子啊。"休戈低声道。

但查格姆觉得心情开朗了许多。看到查格姆的表情，休戈问道："她用那种口气跟您说话，您不生气吗？"

查格姆摇头道："哪里。那种口气，我可不讨厌——那个姑娘可不像是个用敬语的人。"

查格姆的回答让休戈苦笑。

虽然赛纳的一番话并没有让查格姆放下心事，但是从那天起，查格姆开始认真地进食了。他觉得身体有了力气之后，内心也开始一点点恢复了以往的劲头。

6 瞬间的光辉

船离开马南港之后，查格姆来到赛纳身旁，问她有没有什么可以让自己帮忙的。

赛纳瞪圆了眼睛说："啊？可帮忙的就是些打扫、运水的活儿了。"

查格姆点头："没关系。再歇下去人就该废了。还是稍微活动一下比较好。"

不过，赛纳还是有些犹豫。王子可是神仙般的存在，她可不认为眼前这个气质优雅的少年可以干这些粗活。

查格姆从正在犹豫的赛纳手中接过了抹布，十分麻利地在桶里漂洗拧干，然后和桑加的少年们一起开始擦洗甲板。

查格姆擦洗的时候还有些护着左肩的伤口，但是动作相当熟练，这让赛纳大吃一惊。

在甲板上几个来回之后，也许是出汗了，查格姆脱掉了上衣，把它扔在一边。他光滑的脊背在灿烂的阳光下闪闪发光。

赛纳突然有一种自己也说不清道不明的情绪，她凝视着卖力工作的查格姆王子，有些出神。

海盗们一开始不知道如何应对这个作为人质的少年，但是熟了之后就开始不见外地给他派活儿干了。

桑加的年轻人虽然粗鲁，待人却十分真诚，不一会儿，大家就把查格姆当成自己的小兄弟一般看待了。

每到一个有淡水的无人岛，他们都会把查格姆带到岩石边，教他如何潜入海中，如何顺着海流游泳。

"你这家伙，虽然是约格人，倒是挺有灵气的。"

每当桑加的海盗们拍打他的背，查格姆都觉得十分有趣，忍不住会笑出声。在王宫里，除了照顾他起居的人之外，任何人都不允许触碰太子的身体。但查格姆觉得，钻进海里和桑加的年轻人嬉戏，那些深宫里的记忆就像泡沫般渐渐消散。

海水清澈至极，钻进水里的赛纳像鱼儿一样扭动身躯，来到查格姆身边，然后牵着他的手，让他去挖海底岩石上的贝壳，捕捉巨大的海虾。

赛纳有时还会从背后偷偷地凑过来，吓查格姆一大跳。

赛纳告诉他，在潜水的时候，如果从背后接近，桑加的海盗们会用手指以一种独特的节奏戳对方的右肩，这是伙伴之间的一种暗号。戳的手法各有不同，这样就可以分辨是不是同伴。

"在背后接近别人时，如果不戳对方的肩膀发出暗号，说不定对方会反手给你一刀,那可怪不了别人。"赛纳警告查格姆。

她还告诉查格姆,桑加海盗之间的联络方法有许多,比如说还有一种用船橹敲打船头的"橹语"。

"戳肩膀的暗号和橹语是一样的,可以告诉对方自己的名字。"

说着,赛纳兴致勃勃地把自己名字的敲打节奏教给了查格姆。一旦掌握了方法,查格姆发现橹语其实非常好懂。

"原来如此,我大致明白了。"查格姆说。但是赛纳一脸怀疑的表情。

"那好,你转过去。"

查格姆听话地转过身,赛纳用手指在他右肩上敲打起来。

"赛纳,快游。"查格姆随口答道。赛纳瞪圆了眼睛。

"天哪,你真的记得很快。"

查格姆笑着扭动身子道:"很简单。不过我怕痒,你只能在水里戳我。"

说着,查格姆嘻嘻一笑,转过身,跳入了水中。

查格姆和赛纳像两个小孩子一样潜水嬉戏,一直到傍晚时分。

赛纳的头发像水草一样铺散在水中,口中吐出的水泡发着光升向海面。在柔和的金色光辉中,赛纳划水前行,她的手臂和双足匀称有力。

也只有此刻了……

这种念头突然刺痛了查格姆的心。

也许不会再有第二次了,自己此刻不过是活在瞬间的光辉里。

索多库站在岸边的岩石上，看着查格姆，自言自语道："这倒是个奇怪的太子。"

站在一边的休戈喉间发出一声笑。

"你没看到他拧抹布的手法呢，当时我都看傻了。"

索多库有些讶异地抬眼看着他，休戈做了一个拧干抹布的姿势。

"太子拧干抹布的动作纯熟无比。结绳之类的活儿也干得很轻松。就连那些桑加人让他干的活儿做起来也毫不费力。"休戈道，"我看着他干活，突然想，那首歌传唱的或许就是事实。"

"传唱？噢，你是说《水精灵和太子之功》吧。说是在女保镖的帮助下，查格姆太子游历天下的故事吧。"

休戈点头。

"创作歌曲的人不过是为了取悦百姓，所以把内容编得也挺有意思，但说不定是真的也未必。因为太子只知道一个小小的王宫，不可能行事如此老练。"

索多库哼了一声。他看着查格姆像桑加少年一般熟练地潜入水中，心里却不自觉地想起了与查格姆第一次相见时的情景。

出了马南港，过了些时候，索多库才第一次在查格姆眼前露面。

那时，查格姆全无表情。一言不发地听完休戈的介绍后，查格姆目光锐利地紧盯着索多库，然后点了点头。

一个厌恶污秽的约格太子，看向自己这个咒术师的眼神中只有警惕，却没有轻蔑，这让索多库很吃惊。

他曾听说哥哥拉斯古与眼前的太子斗过咒术，此刻他才觉得传言似乎不完全是假话。

休戈究竟看中少年什么，索多库并不清楚，但这个少年身上确实有些让人肯为他效力的魅力。

索多库在岩石上坐下来，把下巴搁在膝头，再一次喃喃自语道："这倒是个奇怪的太子。"

休戈看着大声欢呼的查格姆，没有注意到索多库脸上的表情。

吃完晚饭后，查格姆经常会在船头旁的甲板上坐上片刻。夕阳落入海面是他百看不厌的场景之一。

天边涌动的云彩是紫红色的，而在云彩之上已经可以看到夜空的深蓝。

一阵脚步声传来。最近只要听脚步声，查格姆就可以分辨得出是赛纳。

"我给你带来了好东西。"

查格姆回头扬起脸，看见赛纳手里晃着一个样子不常见的酒壶。左手还很灵巧地夹着两个酒碗。

"是酒吗？"

"这是果实酒，很好喝。"

赛纳在查格姆身边坐下，熟练地把酒倒进了两个小酒碗里。船虽然在摇晃，但酒一滴都没洒出来。

查格姆战战兢兢地把酒碗凑到了嘴边，神情一下放松了下来。杯中的液体就像果汁一样清香甘甜。

"这酒很好喝。"

"没错吧,香味特别好闻。"

说着,赛纳衣服的前襟处突然冒出了小白鼠珀衣。它走到酒杯前伸了个懒腰,然后把小小的前爪搭在酒碗的边沿上,鼻子和嘴巴凑近酒水,美美地喝了起来。查格姆目瞪口呆。

"哎,珀衣会喝酒?"

"好像特别喜欢。我喝的时候,它一定会跟着一起喝。"

赛纳屈起手指,十分宠爱地抚摸着珀衣。

"好了好了。你个子小,喝得太多了。剩下的都归我了。"

说着,赛纳从珀衣那儿抢过酒碗一饮而尽,然后又倒了一碗大口大口地喝起来,就像是喝水。

查格姆有些无奈,低声说:"你可真能喝。"

"从八岁起几乎每天都喝。我们这帮人里,那个叫拉奎的老头最能喝,但我也是久经锻炼了,等我变成了老太太,肯定是最能喝的。"

赛纳笑着,又给查格姆的酒碗里倒上了酒。

"你好像不怎么喝呀。你的贵族父亲对你管得很严吧。"

查格姆苦笑。

"我父亲从来没有指责过我的礼仪。本来我们也从不在一起吃饭。"

赛纳吃了一惊。查格姆又说:"我小时候有一位老人教我礼仪,他教得很仔细,但是已经不会再有这样的人了。"

红色的云已经开始变淡消失,查格姆望着最后一片云彩,低声说:"我记得母亲曾经抱过我,但不记得父亲曾经碰过我。"

两人沉默了片刻，凝视着在海面上波动的光亮渐渐消失。

当许多星星在深蓝色的天幕闪耀之时，赛纳喃喃地道："身为王子看来也不是什么开心的事啊。"

查格姆猛地扭过头来。赛纳静静地说："你是王子吧，新约格的。"

查格姆不回答。赛纳并不在意，接着说："像这样大家一起在一艘船上待这么长时间，我觉得休戈也想得到我会察觉。但他也清楚，我这个人是不会贪图名利而做出背叛他的事情的。"

赛纳嘻嘻一笑。

"不过，看着你，我也有些动摇——虽然我已经接了这活儿，但是一想到自己是达鲁修的爪牙，心里就很纠结。如果你是一个傲慢的王子，或许我就不会这样想了。"

四周已经被夜色笼罩，赛纳的脸看不真切了。听着风帆猎猎作响，赛纳沉默了片刻，突然开口道："你要是想逃走的话，我会放你走的。"

查格姆一言不发地注视着海面。他很清楚赛纳是真心的。各种念头此起彼伏，但结论是一样的。

过了一会儿，查格姆低声道："谢谢。但是我要去达鲁修。"

宣告就寝的钟声响起，清脆的钟声在虚空中回荡，然后消散无踪。

随着船接近南方大陆，太阳的光芒渐渐柔和，早晚也开始凉爽起来。海面的颜色也比雅鲁塔西海更加深湛蔚蓝。

有人告诉过查格姆，并非越往南走越炎热，事实上，经过某个区域以后，越往南走会越寒冷，但真正感受到这一点时，查格姆还是觉得有些不可思议。最不可思议的是离开故乡的时候是春末，但在接近南方大陆的此时，居然还是冬季将尽快到春天的季节。

确实所有事物都是相反的。

查格姆深有感触。

途中碰到过几次小的风浪，但没再遇到过大风暴。船不久就到了约格属国的霍希罗港。由于风向的原因，船没有停靠距离约格都城最近的港口，而是先进了靠近欧鲁姆属国的港口。

查格姆正出神地眺望着从未见过的约格景色，休戈对他说："您看到那边悬崖上的废墟了吗？"

休戈指的是被一片淡绿掩映的白色山崖。确实上面有一座白壁黑瓦的大宅子，约格风格十分显著。只是房子的半面墙壁已经坍塌，远远看去也能看到宅子里遍地是荒草。

"那曾是特尔盖尔大帝的行宫，北馆。"

查格姆不由得探出身子。

约格·特尔盖尔就是相信观星博士纳纳伊的话，带领约格民众移居北部那约罗半岛，建立新约格王国的第一代国王。

这是自己的远祖曾经生活过的地方。查格姆想到自己居然能亲眼得见，此刻的心情难以言喻。

也许在色彩绚丽的桑加王国的旅途过长，约格的景色让查格姆感到纤柔清淡。霍希罗港的风景与马南相比也缺乏张力。约格风格的黑瓦房和仓房之间，混杂着棱角分明的达鲁修风格的石头建筑，显得有些突兀，很煞风景。

虽然心有怀念，却不能沉浸其中。虽然这里不像桑加那样充满遥远的异国风情，却有一种奇异的不自在之感。

"与马南相比，好像不太有活力。"眺望岬角深处的港口，查格姆喃喃道，"我曾经以为远祖生活过的约格王国是一个拥有悠久历史的强大国家。"

休戈回应道："过去确实如此。在把霍拉姆和欧鲁姆王国都置于支配之下时，约格王国是一个富足强大的国家。但是约格王族内讧导致国家积弱。霍拉姆和欧鲁姆扯起反旗，约格一蹶不振。然后……达鲁修给了约格致命一击。"

久经日晒的休戈眼里闪着寒冷的光芒。

"这几年，冬天一点点地变长，夏天变短，雨量也有所减少。也许是出于这些原因，农作物、水产量年年减少。百姓都感到不安，但是统治约格的当今国王毫无作为。争权夺利很在行，但在如何让国家富足上却全无手腕，是个无能之人。"

这种针对国王的毫无顾忌的指责让查格姆很吃惊。他抬眼望着休戈，休戈表情严肃地望着自己的故乡，并没注意查格姆。

刚刚开始发芽的新绿并不浓郁，枝干的颜色更为醒目。景色有些萧瑟。

与其说是早春，不如说是初秋。

不仅眼前的景色如此，从大地到海洋都缺乏生气。查格姆这时才觉得此前一直感受到的是旺盛的生命力。

就好像从氧气充沛的地方一下来到了空气稀薄之处。

冬天漫长严寒，夏天短暂，雨量减少……

在查格姆的故乡，这几年一直是暖冬，夏天气温高，雨水也很多。

查格姆突然想起了在临近故乡的海上看到的纳由古的景象。纳由古的海水就像在太阳下一样温暖，孕育了众多的生命。从南到北缓缓移动的异界生物群体乍一看就像是大河流动。还有那欣喜雀跃地宣告春天来临的水之居民……

在靠近南方大陆的桑加海，查格姆于暴风雨之后接触到了纳由古海，那时的海更加冰冷，生物的踪影也更少。

说不定……

当纳由古的春天降临北部大陆时，南方大陆却正好迎来纳由古的秋天。而且，这对萨古或许也会有影响。

如果是这样，南方大陆也会有人注意到这一点，也会有像拉斯古和索多库那样的咒术师。即使发觉了也没有什么可奇怪的。如果达鲁修帝国全境都像此地那样渐渐衰败的话，这或许就会成为他们向北部大陆伸出魔爪的理由……

查格姆很想问问休戈，但如果这是连咒术师都没有注意到的情况，那么他这一问反而会让他们察觉到不必要的真相。不能冒这样的风险。

当可以看清港口的时候，在瞭望塔上负责监视的少年开始呼喊着什么。休戈抬头望向瞭望塔。

"怎么啦？"

少年指向港口的东端。休戈望过去，脸上的神情突然严肃起来。他眯起眼咂了一下嘴。

"殿下，对不起。"

休戈的视线落在查格姆身上，他微微低了一下头。

"我恐怕无法遵守带您参观约格属国的约定了。"

说完，休戈回身看了一眼。索多库无所事事地背靠桅杆而立，他耸了耸肩膀。

"怎么啦？"

查格姆脸色一变，来回看着休戈和索多库。

"拉乌鲁王子的士兵来到了港口。"

查格姆仿佛被一只冰冷的手摸了一下。拉乌鲁王子是达鲁修帝国的二王子。

他向着休戈说的方向看去，果然，他发现码头上远远地有十几个骑兵的身影，还有两辆黑色的马车。马车插着形状类似雄鹰羽毛的旗帜，迎风招展。

"那是北翼旗，表明他们是听命于拉乌鲁王子的士兵。"

休戈脸色微变，望着索多库。查格姆抬眼看着休戈问道："你被他出卖了吗？"

休戈摇头说："不，他对我的做法感到不安。他觉得我们要是闲逛约格的话，会让拉乌鲁王子发怒的。他已经为我竭尽全力了。"

休戈的视线再次落到查格姆身上。

"非常抱歉，殿下——我必须直接把你带到达鲁修帝国的首都，拉乌鲁王子之处。"

查格姆点头，紧闭的双唇上没有丝毫血色。

查格姆的眼神紧张，他拼命想掩藏自己心中的不安。看到眼前这张还残留着稚气的面庞，休戈露出苦涩的表情。

他刚想开口说什么，又闭上眼，深深地吸了口气。等再睁开眼时，休戈的脸上已经没有刚才的同情神色，而是像钢铁般的坚毅。

"殿下……"休戈的声音干涩，"请拯救百姓。"

说完，休戈行了一个礼，然后留下查格姆自己走开了。

休戈消失在船舱之后不久，赛纳来到了甲板上。她环视甲板一周，发现了查格姆，马上跑了过来。

"听说达鲁修的士兵来港口迎接了。"

查格姆表情僵硬，但还是挤出笑容道："好像是。"

赛纳紧盯着查格姆道："那就是说，你要在这里下船了？"

查格姆点头，赛纳迅速把视线挪开，望向港口。两人都没有想到离别来得如此迅速，所以更觉得难过。

赛纳望着港口说："这还是头一回，我干完了自己的活儿，却一点儿也不觉得开心。"

查格姆情不自禁地伸出手，碰了碰赛纳的肩膀。

"赛纳——幸运的孩子。你会祈祷我的未来会有稍许的幸运吗？"

赛纳有些吃惊地转过头,神情一变。

"当然……"

她把自己的手合在查格姆的手上,眼里含泪笑道:"雅鲁塔西的恩赐与您同在。"

第四章

对决

拉乌鲁王子是一个可怕的男人。他气度恢宏，不在乎身份和出身，用人唯贤；他头脑灵活，不因循守旧，只要有利可图，可以不择手段；他冷酷无情，只要觉得有必要，可以牺牲千万人的性命……

查格姆太子不可能和拉乌鲁王子抗衡。

1 达鲁修的悍马

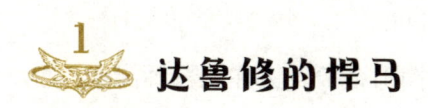

虽说已是早春，但只有几片干巴巴叶子的树木仍然随处可见，宽阔草原的远处，出现了八骑身影。其中一人一骑速度超群，遥遥领先。

这是一匹灰色的烈马，外表虽不起眼，奔跑起来却让人感到一种非凡的气势。而且，这是一匹没有去势的公马，驾驭这样的马需要很大的力量。而动作娴熟地纵马疾驱，在马背上满身热汗的却是一个小个子男人。

他是个典型的达鲁修人，皮肤呈古铜色，头发银白，看年纪刚过四十。细细的钢铁头带中央镶嵌着一块鹰翅形状的红宝石，在朝阳中闪闪发光。

牧马人在马厩前跪成一排，不敢抬头，只有驯马师单膝着地，看骑手们渐近，他深施一礼，然后站起身来拉着马缰绳走上前。

驯马师是一名年轻的奥鲁姆人，黝黑的脸上表情严肃。他走到马旁边跪下来，双手伸向骑士的足边。骑马男子的长靴漫不经心地踩上了年轻人的双手,然后下了马。

驯马师俯首起身,想把缰绳的金属搭扣挂在马鞍的扣子上,但手颤抖得厉害,金属扣相撞发出了清脆的声响。

刚下马的达鲁修人对驯马师的举动毫不介意。

"好多了。跑起来与三天前完全相同。"

说着,他从悬在腰带上的口袋里掏出金豆,丢在驯马师脚边,然后头也不回地向站在马厩旁的男子走去。

年轻的驯马师双膝打战,几乎蹲不下来,拣金豆费了好大工夫。当终于把金豆拈在指尖时,全身就像瞬间浸入温水中,悬着的心终于放了下来。

上一任驯马师因为没有发现马的后腿筋上有一个小小的肿包,结果马跑得很不顺畅。这位驯马师被告知:如果睁着眼看不见的话,那就不需要眼睛了。

年轻的驯马师甚至没有勇气望向男人的背影。

男子一边摘下皮制骑马手套,一边往马厩方向走。站在马厩前方的男子已经有些年纪,他朝男子深施一礼。

"愿上天保佑您。拉乌鲁王子殿下。"

上了年纪的男子静静地说道,然后抬起头。他的领口用黄金饰扣系得严严实实,脖子上挂着一根细细的金链,上面还吊着一块薄薄的金牌。这块金牌名叫塔尔尤塔拉,意思是"到达终点的人",只有位极人臣、登上执掌国政的宰相之位的人才有资格佩戴这块金牌。

第四章 对决

拉乌鲁王子把皮制手套插在腰带上，年老的男子将手搭在金牌上再次行礼。拉乌鲁王子轻轻点头道："怎么了，有什么事不能等到回宫里再说吗？"

年老的男子低声说："飞鹰传信说，猎物已经平安抵达霍希罗港。"

拉乌鲁王子点点头，朝宫殿方向走去。

"是吗——那家伙到底还是有两下子啊。那个约格的年轻人是叫阿拉由坦·休戈吧？"

为了不落后于拉乌鲁王子，年老的男子加快了脚步，眼里闪过一道寒光。

"抓获的猎物确实很有分量，不知道殿下对把他带到约格去的做法有何想法？"

拉乌鲁王子的视线迅速转向了年老的男子，眼里有些嘲弄的意味。

"很有趣。你居然对一个年轻人有兴趣，库鲁兹。"

这个名叫库鲁兹的年老男子脸上全无表情。拉乌鲁王子目光冷冷地道："是啊。我也觉得有点儿意思。如果他想争功露脸，急急忙忙赶回来，我反而不会太在意。"

拉乌鲁王子看向前方，用手中的马鞭在空中抽出一声脆响。

"我倒想听听那家伙怎么为自己解释。"

拉乌鲁的嘴角挂着一丝笑，又抽了一记响鞭之后，突然换了个话题。

"听说阿拉吉鲁的野蛮人又开始进攻阿尔马苏尔了。"

阿尔马苏尔是拉乌鲁王子治下北翼最西端的要塞城市,王子今天早晨接到报告,说是西邻国家阿拉吉鲁王国的骑兵对阿尔马苏尔发起了猛攻。

"还是以往的小打小闹,殿下不必担心。我们早就察觉了他们要发动进攻的动向,为了不伤及北翼的士兵,已经将帝国的属国欧鲁姆国的军队派上了最前线。当然,多少会有些死伤。"

拉乌鲁目光严峻地看着库鲁兹。

"阵亡的只有欧鲁姆的士兵吗?"

库鲁兹一下子领会了王子提问的意图,不由得觉得脊背发寒。

"是,不过……"

拉乌鲁王子打断了库鲁兹。

"不要让属国的士兵感到不公平。我们正要北伐,在这种关键时刻,不能在内部烧起不必要的火。"

库鲁兹额头冒着冷汗,摆正姿势点了点头。

他没有做任何辩解。拉乌鲁王子最讨厌辩解。这一点,库鲁兹知道得很清楚。

"是老臣失察了。以后定当注意。"

拉乌鲁王子点点头,转过身快步离开了。

2 灰色的旅途

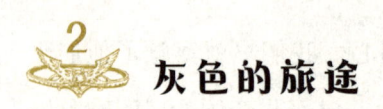

与和桑加那些快活的海盗一起乘船旅行时完全不同，在拉乌鲁王子麾下骑兵护送下的旅途是灰色的、寂寞的。

下船之时，休戈把在马南港买的一块薄布交给了查格姆。查格姆把薄布夹在头带上当作蒙面的面纱。休戈虽然一言未发，但查格姆已经理解了他的意思。从现在开始，他将把查格姆当作太子对待。或许再也不会有像在船上时那样的交谈了。

前来迎接的达鲁修士兵十分恭敬，他们的块头比约格人大许多，赤铜色的脸和银色的双眸让查格姆觉得很诧异。因为相貌实在不同寻常，查格姆还端详了片刻。

查格姆听说过很多有关达鲁修帝国的传闻，确实在某些文件中读到过达鲁修人的脸如赤铜的描写，但是在这之前从未亲眼见过。

当这些长相与约格人不同的士兵用约格语和他打招呼时，查格姆觉得自己的皮肤一阵发紧。

新约格的士兵中，应该没有人会说达鲁修语。查格姆会说桑加语、罗塔语、坎巴语，但不会说达鲁修语。士兵们身上的武器和马车以及他们的一举一动都让查格姆觉得很新鲜。

马车的晃动与坐惯的牛车完全不同,查格姆有些不适应,但让他感受更强烈的是心中火烧火燎的焦虑。

从这里到帝都需要多少时间?怎么也要十到二十天吧。

等候在旅途终点的是达鲁修帝国的拉乌鲁王子。查格姆想在见到拉乌鲁王子之前,尽可能多地了解达鲁修帝国。

从这里通往帝都拉罕的旅程是留给查格姆仅有的时间。

前往达鲁修帝国首都的旅程开始之后,查格姆有一件事一直挂在心上。那就是与他一起旅行的咒术师索多库的哥哥,拉斯古。

以前在桑加较量咒术时拉斯古恐怖的面孔至今历历在目。如今落入他的手中,查格姆以为他会来羞辱自己,但拉斯古一直没有出现。

从约格进入欧鲁姆的那个夜晚,一行人在高级客栈投宿。在放好行李休息的时候,查格姆向索多库打听了这件事,索多库那张与哥哥极为相像的脸上神情一变。

他似乎要向守护房间的士兵证明两人并没有在密谈,用很大的声音回答道:"一旦猎物到手,我哥哥就不再对猎物感兴趣了。他已经从拉乌鲁王子殿下那里领取了丰厚的赏金,还升了官。现在好像已经开始着手其他工作了。"

索多库并不是海盗,却毫不忌讳地将眼前的查格姆称作"猎物",这种态度让查格姆很吃惊,但是不知怎的并没有感到不快。

原来如此,他像特洛盖伊。

查格姆不无怀念地想起那张满是皱纹的黑脸，不禁微笑了。咒术师不会把身份高低放在心上，对于这一点查格姆并不讨厌。

"你们也会得到奖励吧？"查格姆用调侃的口吻说道。

索多库有些困惑地看了休戈一眼，又把视线转向查格姆，然后耸了耸肩。

门外传来了说话声。士兵们守住了门的两侧，允许站在走廊的人打开门。

几个女子端着丰盛的晚餐走了进来。

巨大的餐桌上摆满了盘子。有外焦里嫩、肉汁四溢的大块牛肉，还有薄皮蔬菜饺等，都是欧鲁姆菜肴。虽然不够精致，但胜在量多。

房间里充满了诱人的肉香。香味引来了许多小虫，在盘子上盘旋。休戈发现了，关紧了窗户，但是已经有不少小虫飞进了房间。

女人把装有果汁的薄胎碗放在查格姆面前。果汁装得很满，洒了一些在桌面上。但是女人并不在意，继续摆放其他盘子。

只有等查格姆吃完，其他人才可以用餐。查格姆首先向上苍表示了感谢，然后拿起角制餐具，装了一些菜肴在自己的盘子里开始用餐。

休戈一直看着查格姆面前的菜肴。突然，有一点引起了他的注意。洒在桌面上的果汁里有几只死去的小虫。烤肉的汤汁里也停着几只小虫，但只有吮吸过果汁的小虫死了。

由于小虫死在盘子后面，从查格姆的角度是看不到的。查格姆吃完一块肉，正伸出手去想拿果汁。

"殿下……"

休戈站起身，拦住了查格姆。查格姆惊讶地抬眼望着他，休戈表情严肃地指了指果汁和飞虫。

拿开盘子，发现死去的飞虫之后，查格姆的神色一变。

"有毒？"

"也许。"

匆忙凑上来的索多库望着休戈，点点头。

休戈把长剑插回剑带，小声把事情经过告诉了守护在房门口的士兵，然后走出了房间。

休戈迅速穿过走廊，来到了厨房。

刚干完活儿正在休息的厨师吃惊地抬眼看着休戈。

"你们当中有最近刚雇的新人吗？"

刚问了一句，厨师们的目光就投向了站在后门边的一个男子。就在这一瞬间，男子抄起了案板上的切肉刀掷向休戈。

休戈一闪身躲过飞刀，拔出短剑，闪电般地穿过案桌扑向男子。

男子一转身就从后门跳了出去，速度快得惊人，一转眼已经冲出木门，消失在黑暗中。

休戈无意追赶，只要确认有人投毒就足够了。因为他很清楚是谁下令投毒的。

回到房间，查格姆等人和士兵们一样表情紧张地看着休戈。

"被他逃了——厨房的厨工里混进了密探。"

兵士长用手按剑问道："追吗？"

第四章 对决

休戈摇摇头。

"已经追不上了。更要紧的是今后要注意试毒，不能再出差错。"

兵士长点点头。

休戈走到查格姆身边，深深地低下头。

"是我们不够警惕——请您原谅。"

查格姆摇摇头。

"哪里……我也大意了。"

与其说是大意，不如说是没想到有人会要自己的命。

"到底为什么要对我……"

休戈在一边坐下，口气平淡地回答道："应该是南翼干的吧。"

话刚说完，查格姆就明白了个中奥秘。南翼就是拉乌鲁王子的哥哥，哈扎鲁王子。查格姆惨白的嘴唇上浮现出一丝笑意，他看着休戈道："弟弟刚到手的美餐，哥哥却要将它打落到地上……对他们来说，我还是有些价值的。"

休戈并不回答。索多库从背后接过话道："公开场合不好下手，只能采取这种手段。"

查格姆点头。

那是自然。新约格的太子是夺取新约格王国的重要底牌，如果因为弟弟抢了功劳就把查格姆杀了，只会让皇帝震怒。为了让弟弟的功劳成为泡影，只有实施暗杀，将查格姆之死伪装成病死或遭遇事故。

达鲁修帝国的王子彼此之间钩心斗角。

查格姆把这些深深地记在了心底——皇帝的儿子们并不是协力同

心准备共同攻打北方的。

为了掩饰内心的兴奋，查格姆故意长吁了一口气。

"怎么办，有点儿口渴了。"

索多库微笑着向士兵做了一个手势。查格姆掀起面纱，只露出自己的嘴，然后大口大口地喝下试过毒的水。

不久之后，查格姆乘坐的马车抵近阿罗山脉。山间的街道也设施完善，达鲁修帝国对属国的管理如此细致，让查格姆颇为感慨。

在低平地带时，只要日照强烈，有时也会感到炎热。但是上了山之后，早晚越来越寒冷。

山中的旅店每个房间都有暖炉，炉火很旺。即便如此，到了夜里，仍然觉得寒意袭人。或许是因为适应了桑加的炎热，就算是裹上厚厚的棉毯查格姆依然觉得寒冷，冻得他在床上直哆嗦。

门外走廊传来休戈的声音。

"打扰了。"

在查格姆寝室的里侧有一个值夜班的士兵，他站起身，打开了门。

休戈走了进来，手里拿着一条厚厚的棉被。他伸手做了个阻止查格姆起身的动作，道："您躺着就行，不用起身。我跟旅馆的人借了条棉被。"

盖上厚重的棉被，有了一种让人安心的温暖。

"打扰了，您休息吧。"

休戈说着，走出了房间。

查格姆觉得心里踏实了许多，闭上了眼。

坐马车与坐船不同，是一段孤独的旅程。休戈等人只能在马车边上骑马前行，很少有交谈的机会。

从车窗向外眺望，有时也会视线相交，但休戈只是微笑，而且会立刻将视线移开，看向前方。

在白色的阳光下，休戈自如地策马前行。看到他被太阳晒得黝黑的面庞，查格姆想，这个男人究竟经历了些什么才走到今天。

他说，请拯救百姓。那句话听上去就像是祈祷。

他还说过，曾看见过王都的城门起火。也就是说他曾经生活在一个走向灭亡的国家。

阳光从树叶的缝隙中穿过，洒落在皮革椅子上，仿佛是光与影的舞蹈。查格姆有些出神地望着这些。

休戈是如何看待自己的呢？

在他眼里，自己应该是一个拥有新约格王国太子身份的不成熟的少年吧。

就像查格姆不知道他曾经走过的道路一样，休戈也完全不知道查格姆曾经经历过什么才走到今天。许多小河会合流，又会分流。人也是一样，所有的人都肩负着他人所不知的回忆，瞬间相遇，又分道扬镳。

查格姆眼前浮现出许多曾与他相遇而后分手，但仍彼此珍重的面容。

石板路颠簸得很厉害，查格姆的心飘向了遥远的故国。

离开故国已有些日子，不知母亲怎样了？交给舰队船长的信函不知送到没有？

修加的处境很艰难。但也许他会时时想起自己吧。

父王……会怎么想？

当舰队的船长们回到都城，汇报在桑加发生的事情时，父王会怎么想？如果查格姆生死未卜，是无法将托格姆立为太子的。父王会不会因为情况不明朗而感到心焦，盼望自己已经脱离掌握的儿子早些死去呢？

查格姆心底涌动着一股黑暗混乱而又灼热的情感。

想起他的面容，连憎恶之情都不会出现——会不会有一天自己会被命令杀掉父王？就像父王下令杀掉自己一样……

查格姆觉得心里一阵刺痛，表情痛苦。

为什么自己的心会这样痛？

他是一个可以下令杀死自己亲生儿子的冷酷之人，甚至没有人的感情。我对其深恶痛绝，杀了他有何不可？更何况，还有拯救百姓，让国家免遭战火这样一个冠冕堂皇的理由。

虽说如此，为何……

查格姆的身体随着马车的颠簸而晃动，双眼凝望着从树叶间隙中洒落的阳光。看着那明明晃晃的白斑，查格姆表情凝重，仿佛正在忍受剧痛。

即便如此，还是下不了手。

父王、士兵，无论是谁，都下不了手，不想让他们死。

但这是无法实现的梦。

只因为达鲁修的贪婪，像他这样无辜的人正在被推入命运的深渊。查格姆无论如何也想不通。

看到拉乌鲁王子之后，自己是否会明白呢？他已拥有一切，却仍想进攻其他国家，杀更多的人，自己能理解他的心情吗？

马车放慢了速度，查格姆身体向前一倾，思绪也被打断。马车发出吱吱的响声，转了一个弯，走上了另一条道路。

刚进入这条道路，周围顿时吵闹起来。好几个人在哭嚷着什么，马车四周一片嘈杂。

马车停了下来，查格姆惊诧地从车窗探出身子。

"请待在马车里面……"

旁边的士兵急忙想关上窗户，不过查格姆用手顶住了，他探着身子向外张望。

沿路有许多欧鲁姆人，冲到迎面而来的骑兵队列边，大声地哭诉。骑兵是好几列车队的先导。看到马车上摆放的东西，查格姆皱起了眉头。

那是棺材吗？

长长的木箱子上盖着类似旗帜的东西，难道是欧鲁姆的国旗？

"对不起，殿下，请关上窗。"

士兵用身体挡住查格姆的视线，努力不想让他看到前方的情景，

第四章 对决

并试图关上窗子。

达鲁修士兵慌乱的样子引起了查格姆的兴趣。

那是他们不想让查格姆看到的场景。即将从他们马车旁边经过的好像是运送战殁者返乡的大车队。如果确实如此，那么究竟在哪里发生了战争呢？

人们痛哭着，反复呼喊着什么，大概是战死者的名字。

车队接近查格姆等人的马车时，哭喊的声音突然更大了。虽然只是呐喊和哭泣，并没有讲话，但明显是冲着悬挂着达鲁修帝国北翼旗帜的马车而来的，可以很明显地感受到深深的恨意。

车窗被关上了，马车里有些昏暗。车队从身旁经过，查格姆听到了车轮声和人们的怨恨声。被达鲁修帝国统治的人们毫不掩饰的呐喊冲击着马车，像滚滚洪流一般渐渐远去。

这就是成为属国的下场。百姓为达鲁修帝国的战争所驱策，为达鲁修而丧生。

如果不战而降，新约格王国或许不会在战火中毁灭——但投降之后面临的如果是这样的未来……

战殁者的行列很长，每个人经过查格姆的马车时都会在车窗缝隙处留下影子。查格姆眼神黯淡地望着这一切。

3 雨中帝都

　　查格姆通过达鲁修帝国帝都拉罕的太阳门的那一天，宏伟的帝都笼罩在雨雾中。

　　走在马车旁的索多库低声说："雨中的拉罕，可有年头没见了。罕见呢。"

　　细雨如帘。查格姆一言不发地望着雨中的街道。虽然被雨水打湿的景致有些幽暗，但是并没有损害整体的美观。

　　排水设施完备，道路宽阔，全无积水。运河规模宏大。街边的绿化树上开满了白色的花朵。石头建筑物观感厚重，飘窗上五彩缤纷的花朵竞相绽放。

　　由于街上往来的人比平时更少些，所以整齐的街道显得更加宽阔。

　　休戈骑着马与马车保持着一定的距离，不由想起了自己第一次看到帝都时的情景。

　　与现在一样，骑着马走在这条大道上，休戈当时只觉得全身的力量都在消失，剩下的唯有惊叹。帝都给人的感觉是压倒性的。

查格姆太子故乡的光扇京只有帝都的几十分之一大。那些排水设施不完备的老城区，一下雨就水漫金山，甚至危及民居。

看到帝都的查格姆此刻在思考什么呢？

车窗里露出的侧脸气质优雅，宛如平静的湖面。但也许是因为周围稍有些昏暗，查格姆的脸颊比平时略显苍白。

休戈催马前行了几步，看到查格姆的双眼，他有些惊讶。

少年的目光神采十足，仿佛在发起挑战。那是肩负天下的一国之主的双眸。

休戈拉了一把缰绳，让马缓步前行。他跟在查格姆看不到的位置上，陷入了恍惚的思索中。

果断，聪明，心地善良，如果不是乱世，他应该会成为一名优秀的执政者，一位盛世明君。

休戈闭了闭眼。

拉乌鲁王子是一个可怕的男人。他气度恢宏，不在乎身份和出身，用人唯贤；他头脑灵活，不因循守旧，只要有利可图，可以不择手段；他冷酷无情，只要觉得有必要，可以牺牲千万人的性命……

查格姆太子不可能和拉乌鲁王子抗衡。

但是眼前的少年仍会倾尽全力。不是为了一己的野心，而是为了国家，为了百姓。眼前的少年会选择自己的道路。

但是……

无论走上哪条道路，他都会在两个国家的夹缝中踟蹰前行，在漫长的道路上深受重创，血流不止。

休戈眼神黯淡地凝视着大道。

自己生活的世界如此无情，仰天长叹又有何用？如果有强烈的求生意志，就像许多执政者曾经经历过的那样，这少年不久之后也会褪去身上的软皮，成为一个坚强的男子汉。

细雨如雾，休戈却不想抹去脸上的雨水，只是凝望着越来越近的王宫之丘。

王宫的森林郁郁葱葱，所有的树木都修剪得十分美丽，形状整齐划一。仅森林的面积就足以容纳下查格姆的故国之都，整个光扇京。

雨渐渐停了。微弱的阳光洒在林间道路上，一行人往前走了不久，眼前出现了一堵雄伟的城墙，绵延无尽。这是皇帝居住的太阳宫和皇族们居住的宫殿的围墙。

被雨淋湿的城墙闪闪发光，看着石头的棱线，查格姆瞪大了眼睛。

那是白磨石。

新约格王国背靠青雾山脉，山脉深处有一个山岳国家，名叫坎巴王国，白磨石是产于坎巴王国地底的贵重石材，但在这里，却被毫不吝惜地用作城墙的装饰。

一想到坎巴王国，巴尔萨那令人怀念的面庞仿佛就出现在眼前，查格姆把额头抵在了车窗的边沿上。

自己现在看到的是达鲁修帝国的城墙。查格姆有点儿不敢相信，没想到自己居然来到了此地，这个现实再次刺痛了他。

巨大的门扉上十分豪奢地点缀着黄金和宝石。这不过是最外侧的城门，里面还有环绕各个城堡的内城和城门。

瞭望塔上的人或许是发现了查格姆等人的马车。当马车接近城门时，里面驰出一骑。这是前天离开查格姆马车护卫队，先赶来宫城报信的达鲁修骑兵。

"欢迎查格姆太子殿下！"

达鲁修骑兵气沉丹田，朗声向查格姆表示了欢迎，然后转向休戈道："报告图尔安。库鲁兹北翼宰相吩咐，查格姆太子殿下抵达后，将殿下迎至北城南馆的客殿。"

休戈微微一皱眉，但默默地点了点头。一行人跟着先行的达鲁修骑兵通过了城门。

"原来如此……没有升鹰旗。"

跟在马车旁边的索多库仰望着北城的塔楼，低声道。

听到低语，查格姆望向索多库的眼神中透露着疑惑。索多库注意到了查格姆的视线，道："拉乌鲁王子殿下此刻好像不在城里。所以留守的宰相阁下下达了命令。"

查格姆脸色一变。

"不在城里，你是说他出城了吗？"

索多库眼含笑意。

"和约格的王族不同，拉乌鲁王子闲不住，经常会在领地巡视。但这对太子殿下来说并非坏事。旅途劳顿，您可以休息之后再与王子

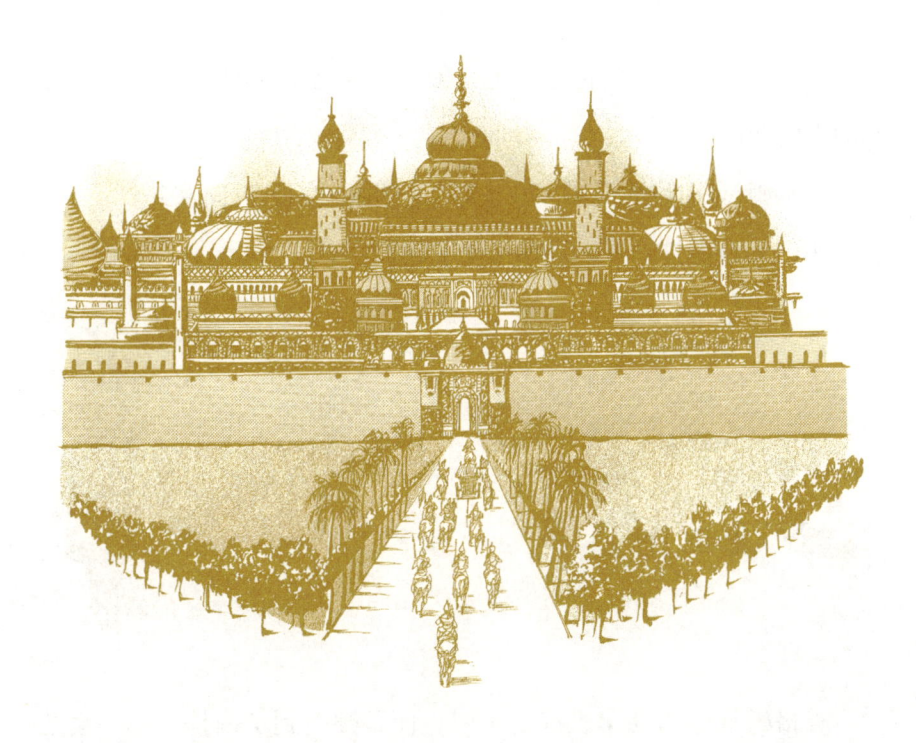

会晤。"

略微领先索多库一些的休戈脸色凝重。看到他的表情，查格姆不由得提高了警惕。代替拉乌鲁王子接见自己的库鲁兹到底是什么人物？从听到这个名字的瞬间开始，休戈就脸色阴郁，至少对于休戈来说，这好像并不是一个适合亲近的人。

通过一条两旁鲜花盛开的大路，眼前出现了一座被巨大花园围绕的城堡。城堡内有好几座塔，整个城堡都是用黑色的发光石头建造而成的。城堡的圆屋顶呈坛子的形状，闪耀着群青色，屋顶的边缘装饰着金色的爬山虎花纹。

眼前出现了一座小门，一直护卫着查格姆的达鲁修士兵在门旁停住了马。因为通过小门再往前走必须有哈克乌尔，即上级武官以上级别的人的允许。

查格姆深深地吸了一口气，又闭了闭眼，不再看向窗外。

小门无声地打开了。马车又动了起来。

4 北城馆

查格姆乘坐的马车没有走正门，而是被引到了南栋。不一会儿，查格姆就来到了迎宾馆的大厅，踏上了淡黄色的厚地毡。

天花板高得让人目眩。其中一半用半球形的彩色玻璃镶嵌，光线被染成红蓝绿色，落在地板上淡黄色的地毡上，形成复杂的图案。

大厅的一侧是宽阔的走廊。无数灯火在昂贵的玻璃器皿里点燃，将通向远方的走廊照得通明透亮。

不知道用了什么样的技术，这里的墙面像瓷器般细腻光洁，由无数细小花纹组成的笔直的墙线让整个空间显得更为宽阔。

一个带着卫兵的男子站在宽阔的走廊里。

他有达鲁修人的赤铜色皮肤，银发垂肩，卷曲如波，看上去已经有些年纪，但银色的双眸显得异常锐利。身上的衣服是近似于黑的藏青色，领口用黄金饰物系得严严实实。脖子上挂着一条细细的金链，下面还垂着一块薄薄的金牌。

男子走上前一步，微微低了一下头。

"欢迎光临达鲁修帝国，查格姆太子殿下。敝人是北翼宰相，阿库拉·库鲁兹。在太阳神庇护的拉乌鲁殿下出巡时，由敝人照看这座北城馆。殿下一路劳顿，迎宾馆中有温泉厅。请殿下先宽衣小憩，濯足涤尘。"

库鲁兹用达鲁修语说完，望向休戈，无言地敦促其译成约格语。

休戈将库鲁兹的寒暄译成了约格语，查格姆边听边打量着库鲁兹。听完，查格姆轻轻点了点头，一言不发地向前走。

看到查格姆不动声色地走上前，库鲁兹不禁愣了一下，但也只好稍微让开些地方，为查格姆引路。

库鲁兹把查格姆带到了一个豪华的客厅之后，用手指了指跪在地上等候的五个少女。

"这是照顾殿下起居的侍女。请殿下随意吩咐。沐浴后直到晚餐前，殿下可以小憩片刻。"

说完，库鲁兹微微行了一礼，便离开了。

等库鲁兹消失之后，休戈转向查格姆道："我的任务到此就结束了。"

休戈脸上挂着一丝笑容，他看着查格姆，低下了头。

"请殿下更衣休息。侍女会带您去温泉厅的。"

查格姆凝视着休戈被晒得黝黑的脸庞。

第四章 对决

他想说些什么，最终还是没开口，默默地点了点头。

侍女们走上前，垂着眼为查格姆宽衣。

休戈转身将要离去，又回过头来道："忘了告诉殿下，北翼宰相库鲁兹会说流利的约格语。他是靠征服约格军才爬上北翼宰相之位的。"

说完，休戈行了一个礼，离开了客厅。

会说约格语，却若无其事地大讲达鲁修话，这才是所谓的聊表敬意。

北翼宰相库鲁兹用这种态度暗示了今后将如何对待查格姆。

休戈提到库鲁兹时，查格姆感到为他脱厚外套的侍女的手颤抖了一下。这些少女或许是库鲁兹下令来监视自己的。或许库鲁兹还告诉她们要仔细注意休戈和查格姆的关系。

休戈出身于约格王国。对于指挥大军征服约格王国的库鲁兹来说，休戈应该是一个不能不防的对手，因为休戈心中很可能隐藏着复仇的念头。

"要把周围所有的人都当成间谍。"查格姆告诫自己。

回到走廊的休戈发现库鲁兹就站在几步远的地方，于是停下了脚步。

"你可是立了大功了。阿拉由坦·休戈。"

休戈低下头。

"承蒙夸奖。只是运气好罢了。"

库鲁兹点头道:"光靠运气哪会这么成功?拉乌鲁王子殿下对你的评价也很高。说是等你回来,会授予你阿塔尔,即向光之路的权力。"

休戈无法掩饰自己的惊愕,瞪大眼睛看着库鲁兹。

向光之路是一种特权的象征,只有皇帝和王子才有权将其授予被认为有特殊才能的人。享有这种特权的人可以在任何需要的时候觐见皇帝或王子。如果再立功绩,就可以像库鲁兹这样获得塔尔尤塔拉的称号,甚至有可能成为宰相。

因此,获得向光之路的特权,也就意味着休戈面前铺开了一条可以执掌帝国国政的道路。

第一扇门终于打开了。

休戈一时间觉得感慨万千。

库鲁兹看着休戈,眼里浮现出一丝冷笑。

"你还是要多注意自己今后的举动。你想把查格姆太子带到约格属国吧?如何解释这件事,将左右你的命运。"

休戈抬起头,简短地回答道:"明白。"

库鲁兹眼角的冷笑消失了,流露出钢铁般果决的神情。

"拉乌鲁王子殿下返回之前,你和索多库都不准接近查格姆太子。"

休戈一言不发地盯着库鲁兹。库鲁兹若无其事地道:"这是为了让查格姆太子殿下心慌神乱。明白吗?"

"是。"

休戈点头。库鲁兹轻轻一摆手。

"行吧，你可以走了。不过要待在随时可以找到你的地方。"

休戈又行了一个礼，然后离开了。

库鲁兹难道想挫挫查格姆太子的锐气？

拉乌鲁王子返回之前，查格姆只能焦急等待。在敌国王子的府邸内孤身一人，分明是要让查格姆情绪焦躁。

这不但是要动摇查格姆太子的意志，同时也是要把休戈从太子身边隔开。休戈脸上浮现出笑意。但库鲁兹更不愿意看到的是休戈插手攻打新约格王国的有关事宜。

暂时还是低调些，在老家伙看不到的地方待着比较好。

自己像是已经被怀疑与达鲁修帝国属国出身的人有往来，在余波未息的状况下，与其待在南部，不如前往北方大陆探查北方各国的动向更好。休戈想。事不宜迟，还是去北方吧。

与其让人戒备，不如让他们瞧不起自己，认为自己是个畏惧权威、容易控制的人。库鲁兹头脑十分敏锐，正因为如此才更容易小瞧别人。休戈一直认为这是库鲁兹的弱点。

就连查格姆太子也不是你可以小瞧的一介少年。

现在他当然不是拉乌鲁王子的对手，但只要度过眼前的危难，总有一天，查格姆会成长为天下人瞩目的男子汉。

"我再也没有机会与您亲密交谈了。查格姆太子殿下……"

在走廊里疾步向前的休戈在心里默默地念道。

但今后我仍将会关注您的一举一动。

5 无声之声

听到温泉厅这个名字的时候,查格姆还以为是一个温泉浴殿,但跟着侍女们来到目的地时,查格姆简直不相信自己的眼睛。

眼前的不是浴室,更像是一个普通的大厅。

宽阔的地面上铺着奢华的刺绣,到处摆放着蓬松柔软的类似坐垫的蒲团。看到查格姆,慵懒地坐卧在蒲团上的十几个年轻姑娘一齐站了起来。

她们或许是负责温泉的侍女,所有人都穿着白色宽松的约格式薄外套,腰里系一根带子,额头绑着头带,垂着的面纱遮住了眼鼻,只露出嘴和下巴。

她们的装束与在故乡的王宫伺候查格姆沐浴的浴童极为相似,但新约格王宫的浴童不会穿得这么单薄,举止也更加端庄有礼,更给人清爽之感。

新约格王宫的浴殿是王族洗涤污秽的神圣场所,是一个安静温馨又明亮的空间。所有的浴童都不说话,默默地工作。

站在这个大厅里的姑娘们虽然也没有发出声音,但当她们站起身时，天花板处传来了弦乐器演奏的乐曲，优雅动听。查格姆抬头仰望，发现天花板极高，而靠近天花板的下方有些镂空的窗户，也许有乐师在窗户的另一侧演奏乐器。

姑娘们像风中的精灵般翩然而至，帮查格姆一件件地脱去衣物。她们身上散发着一种叫瓦库拉的花香。宽衣解带的手法也轻若无物，甚至不像是真实的人类。

查格姆被脱得只剩下一件白色的内衣和底裤。姑娘们拉着他的衣袖，把查格姆引到了另一个房间。

打开巨大的房门，迎面扑来一股蒸腾的热气，待在里面甚至让人有些呼吸困难，马上汗如泉涌。

这间房间比刚才的大厅略微小一些，也暗一些。房间的另一侧有一个拱形的入口，里侧透出粼粼波光，那里就应该是浴殿了。

查格姆觉得自己的肩膀被人碰了一下，他看了一眼站在身旁的姑娘。不知何时，其他姑娘都后退了几步，只剩一个姑娘站在他的身边。

查格姆立刻皱起眉头，将视线从姑娘身上移开。

"对面就是浴殿吧？那行，你们就不用忙了。接下来我自己就行了。"

他昂着头一言不发地朝浴殿走去。

姑娘们没有跟上去。

进到浴殿，里面充满了金色的光芒。

空间十分宽阔。半球形的天花板上开凿了很多细细的星形小孔，夕阳的余晖仿佛无数的金丝垂落在浴殿内。

浴池中荡漾着满满一池热水，池子大到足以容纳一百个人同时沐浴。浴池和墙壁都像贝壳的内壁般散发着柔和的白光。

与刚才的房间完全不同，这里十分安静，从刚才蒸腾的热气中来到这里，终于可以呼吸。

查格姆的呼吸顺畅了许多。他脱光衣服，用小桶舀了些热水冲了冲身子，然后顺着浴槽边滑进水里。

水并不烫，查格姆的脚踩在浴池里，觉得地板如凝脂般细腻。或许是做了防滑的加工处理，但是给人的感觉十分异样，查格姆甚至不知道那是用何种材料制成的。

查格姆悠闲地将身体浸在热水里，不经意地看向浴池的边缘，眼前的情景突然让他瞪大了眼睛。原以为是白色石材制成的边缘，原来密密地刻着许多细小的花纹，每一个花纹都是人工雕琢的精品。

不会吧。

查格姆仔细观察浴池的地板，还用手摸了摸，他发现地板上有与边缘完全相同的花纹。这个巨大浴池的每个角落居然都雕琢着仿佛用针尖刻出的花纹。

查格姆茫然地环视着整个浴殿。

等眼睛适应之后，他发现浴殿的墙壁、天花板到处都雕刻着细细的花纹。

为了打造这个白色的浴殿，不知道花费了多少人工。

这座城堡并没有查格姆故乡的宫殿那么古老。如果没有花费许多时日构筑，应该是同时动用了无数雕刻工匠。为修筑一个二王子的城堡可以花费如此大量的人力——达鲁修帝国王子奢靡至此，不由得让查格姆心惊。

透过水蒸气看着对面墙壁上的红色花纹，查格姆想起了刚才那个姑娘脸上的笑容。

那一瞬间心中会涌动如此强烈的不快，是在姑娘的脸上，查格姆仿佛看到了达鲁修王子居高临下、带有嘲弄意味的眼神。

如果达鲁修王子明知约格太子还未满十七岁，那这种做法也太过卑鄙。

查格姆把头搁在了浴池边缘。

金丝般的夕阳余晖让池水闪闪发光。

等眼睛适应了蒸汽之后，查格姆发现到处都不着痕迹地装饰着黄金。

从属国到帝都的这段旅途，查格姆仿佛一直都听到一种无声的呐喊。而呐喊在城堡内汇成了威力巨大的轰鸣：

震惊吧，为眼前的财富！屈服吧，为这无上光荣的大国！

雷鸣般的巨响带有吞没一切的力量，排山倒海般地朝着查格姆汹涌而来。

查格姆尽情地伸展四肢，闭上了眼。

越受到压制，他就越想反抗。

在他的内心深处，有一根细小却坚韧的脊梁。他所承受的压力越大，这根脊梁就越发坚硬。

自己是一个武力并不强大的北部小国的太子。确实，虽然同为王子，自己的权势远不及拉乌鲁王子。

但是……

人的力量并非由此决定。

即使身无属国，简居深山，踟蹰荒野，也有绝不屈于人下，坚信一己之力，昂首前行之人。

在太子的华服之下，赤手空拳的自己唯有自强不息——查格姆下定了决心。

即使被带到强者面前，被迫为百姓屈膝，心里的脊梁也绝不会弯曲。

查格姆睁开眼，猛地从池中站起身，溅起无数水花。

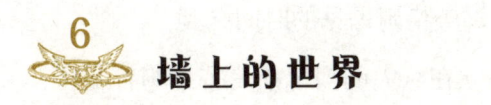

6 墙上的世界

拉乌鲁王子返回城堡是查格姆到达后的第三天。

头一天晚上开始的降雨一直静静地下着，直到今天，天色还有些昏暗。查格姆被告知中午过后可谒见王子，此刻，他正怔怔地望着窗外。

昨晚，查格姆梦见了修加。两个人在梦中你问我答，是一个很平常的梦。查格姆却觉得不在身边的修加仍在支撑着自己。

查格姆闭上眼，深深地吸了一口气。

对答的诀窍，修加已经告诉了查格姆，这肯定会对他有帮助。接下来就看他能不能在所有情况下都保持一颗不退缩的勇敢之心。

拉乌鲁王子究竟是怎样一个男人？他会如何考虑进攻新约格王国呢？必须摸清他的底细。

但不能太露痕迹。

对于拉乌鲁王子来说，查格姆是一柄双刃剑。用得好，将成为征服新约格的最佳武器。但如果查格姆太过无能，或者过于锋芒毕露无法掌控，也有可能切到自己的手。如果觉得无法操控查格姆，拉乌鲁王子不会把查格姆放回新约格，而是会把他当作人质。查格姆将会被囚禁在这里，作为剿灭故国的一张王牌。所以必须避免出现这样的局面。

不一会儿，使者出现了，告诉查格姆谒见的时间已到。

无论是在走廊通行，还是站立在巨大的门扉前，查格姆都觉得自己仿佛身处一片朦胧的白光里，只听得到自己的心跳声。

近卫兵从两侧为查格姆推开了厚重的大门，眼前是一个大厅，笼罩在柔和的光线之中。

透过窗户高处的彩色玻璃洒落的光变为蓝色，朦朦胧胧的，把整个大厅渲染成黎明前的色泽。

大厅的深处有一座高台，上面放着一把巨大的座椅，座椅上意外地坐着一个身量不高的男子。他左肘搁在椅子的扶手上，身体靠在椅背上，右手则放在像手杖般靠着台座的剑上。

椅子前笔直地铺着一条蓝底绣有金色爬山虎花纹的地毯，查格姆目不斜视地朝男子走去。

走近了，查格姆才发觉高台右侧下放着一张豪华的座椅，库鲁兹就坐在椅子上。而站在他背后的是休戈。

查格姆几乎没有看库鲁兹和休戈。他抬头正视着台座上的男子，走到地毯尽头，停住了脚步。

跟在后面的卫兵为他放了一把椅子，但是查格姆并没有坐下。

拉乌鲁王子将手肘放在椅子的扶手上，撑着自己的面颊，俯视着查格姆。他灰色的眼眸里浮出一丝笑意。

突然，王子开口道："你可以坐下。查格姆太子殿下。"

查格姆没有动。拉乌鲁王子放下支撑自己面颊的手，探出身子。

"噢，你听不懂我的话。休戈，你来翻译一下。"

休戈行了一礼，把王子的话翻译给了查格姆听，但查格姆仍然不动。

拉乌鲁王子扬起眉头。

"你不坐吗？"

查格姆点头，然后平静地说："你把我绑来，是要干什么呢？"

听完休戈的翻译，拉乌鲁王子的嘴角一翘，眼里射出冷光。

"你还是把姿态放低一些为好，太子殿下。你现在可是向我祈求慈悲的身份。"

查格姆目光坚定地说："我不会向你祈求慈悲的。"

休戈刚翻译完，拉乌鲁王子右手抄起剑，用剑鞘猛击了一下台座。大厅里回荡着一声脆响，士兵们都一下挺直了腰背。

拉乌鲁王子缓缓站起身，眼神幽暗地俯视着查格姆。

"我因对战桑加以及俘获你之功，被我父皇授命全权指挥进攻北方大陆。只要我下命令，二十万达鲁修士兵就会烧光你的国家，杀光你的子民。"

他的语调懒散而平缓。

"这不是戏言也不是威胁。只要我觉得有需要，甚至可以杀掉手无寸铁的婴儿。你想激怒我吗？单凭这项罪名，我就可以烧掉你的宗亲居住的宫殿，割下你母亲的耳朵，剁下你妹妹的手足，让你听她们哭号惨叫。你不用虚张声势地试图阻止我。不但是我，就连你自己也很清楚，新约格根本没有战斗力。要攻陷光扇京或许只需要三个月，如果抵抗，战争将陷入泥沼，吃苦的只有新约格的百姓。"

拉乌鲁王子脸上的表情冰冷彻骨。

查格姆目不转睛、面不改色地听着，却觉得自己的手指脚趾都开始变冷。

沉默了片刻，拉乌鲁俯视着查格姆，像扔了一根骨头给狗般问道："你还不求饶吗？"

如果说不，就在这一瞬间，眼前的男子会毫不犹豫地切断那根细细的、可以拯救新约格王国的保险绳。拉乌鲁王子眼中正是这种嘲弄

第四章 对决

和玩味。

关系到国家命运的交涉拉开了帷幕。

查格姆吸了一口气,气沉丹田,开口道:"你问了一个不可思议的问题。你难道是为了向我国表示慈悲,才把我带到这里来的吗?"

拉乌鲁王子脸色一变。

"你说什么?"

"慈悲是向对方表示怜悯。你要见我,不是为了宽恕,而是想和

我就国与国之间讨价还价吧?"

拉乌鲁王子的脸上缓缓地浮现出饶有兴趣的神色。他哼了一声,开口道:"讨价还价是和身份对等的人之间进行的。你和我手里的牌相差太多。救助一个不会给自己带来利益的人,难道不是慈悲吗?"

查格姆语气平静地反问道:"你难道不是觉得我可以给你带来利益,才这样跟我说话的吗?"

拉乌鲁王子眨了眨眼,然后突然放声大笑。

他笑得前仰后合，然后动作敏捷地跳下了台座。长靴橐橐地大步走到查格姆面前，扬起下巴道："你跟我来，有东西给你看。"

拉乌鲁王子走过来时，查格姆感觉到一股扑面而来的热气。这是一个像孕育闪电的雷云般充满爆发力的男人。

查格姆默默地跟了上去，拉乌鲁王子迅速走过大厅，穿过走廊，走进了右手的一个房间。这似乎是一个工作室，比大厅小却很深。

雨似乎已经停了。太阳从云缝中露出脸来，又透过高高的窗户给屋里带来了白色的光亮。

两人走到房间中间，拉乌鲁转过身，用手指着入口上方的墙壁。

查格姆也扭过脸……他不由得瞪大了眼睛。

整面墙上挂着一幅巨大的地图。地图的上方是那约罗半岛、桑加半岛、坎巴王国和罗塔王国；西面是广袤的荒漠，在其前端还清楚地标注了一群小国。查格姆认识的国家就只有这些了……但这不过是地图的小小一角。

地图的大半是位于南方大陆的国家和海洋。南方大陆的许多地区用蓝线勾画，其中还有用红线勾画的部分。

"用蓝线勾画的部分是达鲁修帝国的领土，红线勾画的部分是我亲手征服的土地。你好好看着，这就是我们现在理解的世界。"

与刚才截然不同，拉乌鲁王子的语气十分明朗。

始终担任翻译的休戈不动声色地翻译着拉乌鲁王子的话。

"只要把不自量力、聒噪不休、犯我国境的阿拉吉鲁沙漠蛮族连根拔起，这周围就再也没有麻烦我们的家伙了。奥拉木哈拉依和卡鲁兹诺海依的远方好像也有国家，已经有人奉命前去探查了。"

拉乌鲁瞟了查格姆一眼，问道："你从前看到过这种地图吗？"

查格姆坦白地摇摇头。

"没有。这是第一次。"

"看到后，你怎么想？"

查格姆仰望着地图，坦率地说出了心里所想。

"我觉得世界真是广阔。想看看所有的国家。"

拉乌鲁微笑，然后很随意地说道："十岁。我第一次看到这幅地图时，想到的和你完全相反。"

拉乌鲁王子的眼中闪烁着光。

"世界实在太小——而且，我可以弄到手的国家已经所剩无几。当时心中感到的类似焦躁的情绪，到现在还有。"

查格姆把脸转向拉乌鲁王子。拉乌鲁笑吟吟地道："你别问那些一成不变的无聊问题，什么为什么要把手伸向其他国家。问了也毫无意义。你和我立场不同，理念也不同。太阳宰相是父皇的左膀右臂，就是坐在那儿的库鲁兹，他也许会说些你想听的大道理，可是我才懒得说。"

拉乌鲁王子举起手，指着北部大陆。

"那里有留给我的猎物。首先把新约格变成属国，让大军稳住阵脚，接下来攻占坎巴和罗塔。就算花时间，不过四年左右。四年后，那里就会被围在红线和蓝线里了。"

拉乌鲁王子就像在读写好的文字，十分自然地说出了自己的征服计划。听他如此有条不紊地介绍，查格姆的心中甚至升起了一个念头：原来如此，说不定四年后这真的会成为现实。

查格姆眼里突然失去了神采。这一切，休戈都看在眼里。

被说服了？

休戈觉得有些心痛，就在眼前的少年与拉乌鲁王子针锋相对、紧张的神经突然崩断的瞬间。

眼前的少年已经真切地看到了——自己的国家在广袤的世界里是如此渺小。

从一开始，两人手里的牌就相差太多，这是一场残酷的较量。

拉乌鲁王子也敏感地捕捉到了查格姆太子心情的变化。他的眼神十分满足。拉乌鲁神情和蔼地看着查格姆，伸出与他身体不相称的大手，搭在了查格姆的肩上。

"你放心，我是一个为被统治的百姓谋求幸福的执政者，不会滥杀无辜，你只要选择在我的庇护之下，我可以给你比从前更为优渥的生活。我说的绝不是谎话，这一点，你自己也亲眼看到了。"

查格姆不回答，只是紧盯着拉乌鲁王子。拉乌鲁推着查格姆的肩膀，让他来到桌边，然后拿起了一本厚厚的册子。

"这是约格的行政文书。你坐下，我讲给你听。"

拉乌鲁一页页地翻动用达鲁修语和约格语写成的文书，开始解说。休戈站在一旁，仔细地将王子的话翻译成约格语。属国如何统治、如何收税，一旦成为帝国的属国，在帝国内流通的商品将不再征收关税，如此一来，如何使商业趋于繁荣……

拉乌鲁王子滔滔不绝，查格姆渐渐地被他吸引。从拉乌鲁王子的话中，查格姆感受到的是新约格王国所无法比拟的统治广大国土的行政方式。

"怎么样，你有什么问题吗？"

拉乌鲁从文件中抬起头，看着查格姆。

查格姆看着拉乌鲁王子的眼睛问道："国与国之间是不同的，这你不考虑吗？比如说，如果让人口比约格王国少的国家按人头负担战争费用，将成为重税，导致民众积蓄不满。"

拉乌鲁狡黠一笑，道："马上开始讨价还价了吗？看不出你很有主心骨。只要乖乖地成为属国，不但战费付得少，人头税也可以少缴些。"

拉乌鲁王子仿佛哄小孩般地继续说道："只要掌握方法……然后和中央的执政官搞好关系，属国和帝国的齿轮相吻合，就可以自行其是了。你也可以放松了。说不定会觉得无聊呢。"

拉乌鲁合上文件，站起身。

"在平定罗塔和坎巴之前，天下都不会太平，但不会持续多少年的。再有几年，你和百姓都会重享太平。"

说着，拉乌鲁微微凑近查格姆的脸道："我会让你当国王，你要好好抓住属国的统治权哟。"

拉乌鲁王子银色的双眸中浮现笑意。

"新约格身居高位者中有与我互通声息的人。在宫里，你的力量还不及国王，虽说如此，也不可小觑。主要是希望你做国王的人都是些年轻人。一旦你执掌国政，就像金蝉脱壳那样，会出现一个崭新的新约格王国。"

拉乌鲁王子笑着，若无其事地继续说道："要执掌国政并不困难，只要国王一死，你就掌权了。"

查格姆面无表情，但嘴唇开始发白。

拉乌鲁王子觉得自己已经看透了少年的内心，不由在心中冷笑。眼前的少年确实未沾世间尘埃，聪明但做不到残酷无情，甚至不敢玷污自己的双手。这就是查格姆。

拉乌鲁王子仿佛在轻抚少年的弱点，说道："这对你来说也是一件好事。如果不愿意伤害你父亲，不用脏了你的手。我会想办法的。对你来说最难的不是当国王，而是当了国王之后该怎么做。打开国门，臣服于我是最好的选择。让你的臣下理解这一点才是最棘手的事。"

说完，拉乌鲁语调轻松地补充道："不过你不用担心，我会帮你安排好一切。新约格没有战争经验。只要被猛攻一次，就会被力量的差异惊呆，肯定会垂头丧气。只要抓住这个机会，就可以抓住这帮人的心。"

查格姆觉得背后一阵发冷，险些在脸上流露出来，幸好拉乌鲁王子并没有察觉，他继续道："是啊。我倒不是太担心。相信你一定会做好的。你是一个非常聪明的男人，有一种不可思议的魅力，连我都想帮你。你肯定可以把人心笼络好，把属国管理好的。"

说着，拉乌鲁拍了一下查格姆的肩膀。

"好好干吧。我们今后一起走的路还长着呢。"

拉乌鲁王子扬起了眉头,似乎在等待查格姆的回答,眼里却闪着不由分说的冷光。

查格姆紧闭双唇,凝视了拉乌鲁王子片刻,突然开口道:"你把我的水兵还给我。"

查格姆的声音很小,拉乌鲁一瞬间没有听清他说什么,眼神有些困惑。查格姆接着道:"我不可能在背着丢了旗舰、成为俘虏的坏名声的情况下返回新约格。但是如果把他们带回去,父王会原谅我的。"

拉乌鲁王子好不容易才明白查格姆想说什么,不禁莞尔。

"原来如此。可以。这招不错。我会偷偷跟桑加国王打个招呼,让他把这个功劳送给你。你就可以带着礼物,大模大样地回到你父亲身边了。"

拉乌鲁王子把手扶在查格姆肩上,晃了晃。

"挺起胸膛,做一个众望所归的国王!"

说着他抽回自己的手,刚要走,又停住脚步说:"对了,还有一件重要的事。"

拉乌鲁王子扭过脸,用极为平静的口气说:"你有弟弟和妹妹吧?妹妹没关系。我会从有我们皇族血脉的人里找个人品好的,做她的如意郎君。但弟弟可是引发骚乱的种子。在除掉国王之前,要先除掉弟弟。他还小吧?发个高烧死了,谁都不会觉得奇怪的。"

查格姆如坠冰窟。

他觉得自己的面颊冰凉,周围的所有声音都在一瞬间远去。

这是要我杀掉托格姆吗？

拉乌鲁王子准确地掌握了新约格王室的内部情况。确实，在查格姆继位上的最大障碍就是希望二王子托格姆继位的拉多大将军一派。

迄今为止自己只考虑到父王，却忘了弟弟。查格姆为自己的愚蠢而感到心痛。

查格姆拼命用已经麻木的头脑迅速思考。

即便是巨大的障碍，查格姆也不愿意让弟弟死——这一点是绝对的。

难道就没有其他办法了吗？可以让拉乌鲁王子认可的办法。

查格姆觉得自己就像是一只被逼入绝路的老鼠，一边拼命寻找出路，一边又觉得空虚绝望。

这实在是太讽刺了。为了成为自己毫无兴趣的国王，竟被命令要杀掉自己的父亲和弟弟。

刚想到这里，查格姆突然灵光一现。

他猛地抬起头。

对呀……

查格姆觉得眼前好像突然出现了一条通途。

查格姆自己都觉得奇怪，为什么之前他从未想到过这个方法。

查格姆抬眼看着拉乌鲁王子道："让弟弟做国王吧……"

这句话出人意料，拉乌鲁王子的脸上首次浮现出惊讶的神色。他翻着眼问道："什么？你刚才说什么？"

查格姆气定神闲地道："让弟弟做国王。只要让弟弟做国王，即便废除父亲的王位,也可以证明并非出于我的一己私欲。而且,那些讨厌我成为国王、拥戴弟弟的人也会心悦诚服。长子在世,却让次子为王是逆天行事,但在国运衰微之际,却有可能否极泰来。所有人都会高兴的。"

说着,查格姆觉得迄今为止的焦躁消失了,像被解开了紧缚的绳索,心里十分轻松。

"王位让给弟弟,但我可以摄政,在弟弟成人前的十二年里,我可以和圣导师一起辅佐弟弟,尽力度过最艰难的时刻。"

然后,只要度过最艰难的时刻……

查格姆想——我就会弃位而去。

想到这里,查格姆觉得心中仿佛洒满了秋日的阳光,宁静安详。

拉乌鲁王子一脸活见鬼的表情,他看着查格姆说:"难道你自己不想当国王吗?"

查格姆第一次从心底里笑出来,道:"不想,从未想过。"

终 章

苍路旅人

查格姆摊开双手,仰天漂浮。满天的星斗和精灵之光交相辉映。对于精灵们来说,自己也不过是个小小的光点吧。
　　只是充满宇宙间的,无数光点中的一个。

1 金色的云

查格姆刚站在被擦得泛白的甲板上，等候在下一层甲板上的男子们就发出一阵低低的惊叹，而后马上转为无法抑制的欢呼。

约格水兵已经过了好几个月的囚徒生活，他们的脸上都充满了疲惫。但是在这即将出港返乡之日，水兵们还是被允许剃净胡须，整理头发，所以每个人看上去都挺精神。

遮挡查格姆面容的面纱在桑加暖湿的海风中微微飘动。

查格姆背后站着一个大个子的桑加人，他举起手示意众人噤声。然后用桑加人常见的大嗓门儿，抑扬顿挫地道："约格水兵们，你们是幸运儿。你们的太子殿下与我们国王之间经历了漫长的谈判，在太子殿下的坚持下，你们终于获得自由了。"

约格的男子汉中又爆发出一阵欢呼。

查格姆沉浸在自己的思考中，对桑加国王奉拉乌鲁王子之命派来的这个男子究竟说了些什么并不很在意。所以，当男子说完，等待查格姆致辞时，查格姆还没有反应过来。

男人干咳了一声，查格姆才回过神来。

晴空万里，桅杆在风中微微晃动。查格姆深深地吸了一口充满了海潮气息的空气，缓缓地环视着在甲板上列队的约格水兵。

水兵一个都不少。晋和被囚禁在其他岛上的塔嘉尔、欧鲁虽然很憔悴，但也保住了性命。只有永因为企图暗杀查格姆被送往桑加王家监狱，不被允许踏上归国之途。

水兵们为了与查格姆会合，刚刚被集中到拉斯岛。拉斯岛是拉斯群岛中最大的岛屿，有好几个港口，南部的港口已经建起了达鲁修的要塞。查格姆在要塞里被软禁了很长时间。

但是在海船停靠的北侧看不到达鲁修的影子。水兵们也许并没有注意到这个岛屿已经在达鲁修的严控之下。

他们被允许在蒙上眼睛的情况下返回故乡。为了能让他们平安返回故里，查格姆必须小心，不能让支撑他的那根细细的丝线断掉。

外祖父，我会把水兵们带回家乡的。

在心中向外祖父默念着，查格姆开口道："这些日子大家受苦了。现在我要带大家回故乡。大家在操舵的时候，请务必想到家人，希望大家平安抵达那约罗半岛。"

这次，在男人们之间传开的不是欢呼，而是啜泣。所有水兵一齐跪倒在甲板上，向查格姆拜了下去。

看到这一情景，查格姆瞬间咬住了嘴唇。

事实上，他还没有完全把他们救离险境，应该把一切原原本本地告诉他们。

耀眼的阳光洒遍了每个角落，白色的甲板仿佛海市蜃楼般地有些扭曲。

查格姆回过头，看了桑加的官员一眼。

"让你受累了。"

桑加官员很夸张地行了一个礼，通过船板回到了自己的船上。从这里到国境，将由他乘坐的战船为查格姆等人的船领航。

他们名义上是领航人，其实是接受了拉乌鲁王子的严令，监视查格姆是否老老实实地返回了自己的国家。查格姆的脖子上有一道看不见的枷锁。

等桑加人回到自己的船上并驾船离开之后，查格姆对水兵们说："水兵们，大家听好。"

查格姆一发声音，水兵们都立正不动。

"我有一些事必须告诉大家。大家即将返回的故乡就要落入危险的深渊。即便回到故里，等待大家的也不是安宁，而是狂风暴雨。"

水兵们静悄悄地倾听着太子充满感情的话语。

"大家为我欢呼，我却要带领大家走向风暴当中。不但如此，我和大家束手就擒成为桑加的囚徒，这应该会让陛下很不开心。如果怀疑我们通敌，回到故乡后，大家也许会被关进牢房。"

水兵们一动不动地听着，刚才欢呼时的兴奋表情不见了，取而代之的是困惑和紧张。

站在上层甲板的查格姆比在俘虏小屋时长高了，也成熟了许多。

在俘虏小屋时查格姆正处在变声期，和水兵们交谈时声音还有些嘶哑，但现在的声音已经十分沉稳清澈。

虽然作为一个成年男子来说还太年轻，但此时的太子已经不再是少年了。

查格姆平静地问道："即便如此，大家还是希望回故乡吗？在桑加成为囚徒也许可以安稳地生活下去。如果想回到囚徒身份的，请不用感到羞愧。就在此刻，还可以把船板放下。只要告诉在船板下的桑加官员，他们会同意的。"

环视着水兵，查格姆说道："有想退出的，不必犹豫。这是我发自内心的话。我不想让大家更为不幸。"

查格姆毫不掩饰的话语，让水兵们鸦雀无声。

甲板上只听得到海浪的声音。

水兵们低着头，站在原地纹丝不动。查格姆看着他们，发现站在最后的一个年轻人抬起了头。

他的眼神一开始有些迷茫，看了看周围的伙伴，然后与旁边的水兵低语了几句，抬眼看了看查格姆，又深深地低下头去。接着，他战战兢兢地离开了队列，脚步踉跄地在甲板上奔跑起来。

谁都没有阻止他下船。但也没有人跟随他下船。

一个上了年纪的男子一直在环视水兵的情况，当他发现再也没有人打算下船的时候，男子转向查格姆，深施一礼。

他是原先的副舰长，现在被任命为这艘船的舰长。他开口道："查格姆太子殿下，衷心感谢殿下的宽宏大量。刚才听从殿下的话下船的

终章 苍路旅人

年轻人在我等身为囚徒时爱上了给我们送饭菜的桑加姑娘。这个年轻人无亲无眷，所以才心思动摇。出现如此以己为先的属下是下官失职。但是如果船上有心志不坚者，反而会给航海带来障碍。殿下想得很周到，非常感谢。"

舰长的声音有些干涩。

"除他以外，没有其他人想要下船。如果大家都跟我的心情一样，是不会想要下船的。太子殿下，请恕不敬，您能听下官说几句吗？"

查格姆点点头。

"当然可以，不用顾忌，但说无妨。"

舰长又行了一礼，静静地道："查格姆殿下，当日眼看托萨阁下与舰共存亡，让下官痛悔至今。托萨阁下是下官等的恩师，我等却眼睁睁地看着他自焚，这将是我等背负一生的罪名。"

舰长的声音哽咽，他干咳了一声道："即便是为了赎罪也要回到故乡，这是我等在身为囚徒的那段日子里一直讨论的。殿下也曾说过，即便是被投入牢笼，即便是被宣判死刑，也比在异国他乡身为囚徒的生活要好得多。踏上故乡的土地是我等的心愿。"

水兵们的表情很严肃，但没有一个人出言反对。

舰长紧张的脸上突然绽开笑容。

"再怎么说，我们都是新约格王国的水兵。当故乡即将遭受风暴时，又怎能在异国他乡等待风暴过去呢。我们可不是那样的胆小鬼。"

水兵们的脸上慢慢出现了笑容，他们纷纷点头。一个人开始拍手，不一会儿，所有人都开始拍手并表示赞同，声音响彻全船。

无论等待他们的命运如何，企盼回乡的心情就像连绵而至的波涛一般清晰可见。

"大家的心情，我很理解。"

查格姆仿佛要挥去自己的纠结，深吸一口气后，朗声道："好吧，水兵们，朝着我们的家乡……扬帆前进！"

男子汉们以手捶胸，行了一个水兵特有的敬礼后，大声欢呼，然后精神抖擞地各归岗位。

白色的风帆迎风猎猎，船开始加速，查格姆用全身感受着船的行进，捏紧了拳头。

终于向着家乡迈进了一步，一切都将从此开始。

在乘坐达鲁修军船回到此地的途中所看到的情景，至今仍历历在目。

从萨刚群岛到拉斯群岛，达鲁修在所有的主要岛屿上都修建了坚固的要塞。达鲁修打算把桑加王国完全置于自己的利爪之下。从拉斯群岛往北的岛屿上似乎还没有开始修建要塞，但也为剑指北部大陆切实地打下了基础。

查格姆此前乘坐的军船十分庞大，不像赛纳的船只一样需要经常靠港补给。如果拉乌鲁王子急于让查格姆返回新约格王国，他或许用不了两个月就能将查格姆送到拉斯岛。

但是查格姆乘坐的军船指挥官每到一个港口，都会让士兵下船帮着修建要塞，训练桑加的士兵，所以花费了好几个月才到达拉斯岛。

拉乌鲁王子肯定想在放查格姆北归之前尽可能地稳固在桑加的统

治。毫无疑问,他已经就查格姆离开拉斯岛港口的时机,向军队的指挥官做出了周密的指示。

在见到拉乌鲁王子之后,查格姆一切都明白了。拉乌鲁认为无论查格姆如何挣扎,他都有足够的自信随心所欲地控制查格姆。所以他毫不掩饰地向查格姆透露新约格的宫廷内有奸细,也很轻松地就把查格姆送上了归乡的海船。

确实,就这样回到故乡,查格姆也将无所作为。他眼睁睁地看着外祖父死去,还成了敌人的囚徒。他肯定会因为要求放还水兵的交易内容受到怀疑,最终被幽禁。

即便费尽周折能够把说明缘由的信件交到修加手中,在不知内奸是谁的状况下,很难阻止敌人暗杀父王。

讽刺的是,查格姆从幽禁中释放、得以重见天日,应该是在父王被杀之后。查格姆能想象到当时的状况。

达鲁修军会趁宫中混乱大举进攻,或许还会伙同桑加一同来犯。在危机中,查格姆让弟弟继位,安抚拉多大将军,自己成为摄政王,开始与拉乌鲁王子谈判……

此时投降,国家将不会进一步受到战火的摧残。

接下来成为属国,作为进攻罗塔和坎巴的先锋。结果,民众被驱赶至与邻国长年鏖战的疆场。即便罗塔和坎巴投降成为属国,约格人也将继续成为被人痛恨的目标。

白云在蓝天上缓缓飘过。

查格姆眯起眼睛仰望着天空。

绝不能把这种未来带给民众。

拉乌鲁王子曾手指墙上的地图，满不在乎地说那是自己的猎物。每当想起拉乌鲁王子当时的神情，查格姆就觉得心中在涌动的怒火熊熊燃烧。

北方诸国绝不是地图上的空白。北方的民众有自己的思想，有鲜活的人生。如果这些都被当作猎物，是可忍孰不可忍。

拉乌鲁，我绝不是你的附属品。

在拉乌鲁看来，查格姆仿佛是伸手可掐、弹指即动的菜青虫。想到两国之间天壤之别的军力和国力，他这样想似乎无可厚非。

但是，查格姆绝不会屈服。

虽千万人，吾往矣。我会站在你面前，挡住你的去路。

要打翻拉乌鲁王子的如意算盘，该怎么做，查格姆早就有了答案。

北部大陆诸国要想获救，只有一条道路，那就是三国联手，共同抵抗达鲁修。

这是每个人都可以想到的，但实际做起来，却非常难。不用说，坎巴国王看到新约格有可能陷落，肯定会选择以青雾山脉为盾牌坚守不出的战略。

罗塔国王英明有为，或许会与新约格结盟，但是只要父王在位一天，新约格绝不会开口求助。

拉乌鲁王子从内奸以及休戈那样的密探处获取情报，应该很了解北方的这些事情。

如果等我摄政之后，向罗塔派出使者……

查格姆思忖着，但还是觉得不行，马上改变了主意。这样就太晚了，不可能在达鲁修军进攻之前做好准备。

如果罗塔军在新约格军大败之后才赶到，只是白白送死而已。以罗塔国王的英明，肯定会考虑，与其出兵帮助厌恶同盟的新约格，不如固守国门，调整态势，将达鲁修拖入持久战。

罗塔比新约格大得多。与讨厌战争、不靠兵力、只求天神加护持国的新约格不同，罗塔原本就是游牧民族，他们的兵力相当可观。

查格姆认为父王讨厌同盟的理由之一也在于此，因为与罗塔的同盟不可能是对等的同盟，而是新约格单方面求助的局面。父王讨厌的是站在罗塔的下面仰人鼻息。

如果要向罗塔求援，必须在新约格遭到攻击之前。

查格姆紧咬牙关。

能前往罗塔说明事由，请求援军的……只有自己。

即便让晋前往，身为一个没有携带国王亲笔信函的近卫军，是很难说动罗塔国王的。自己曾与罗塔国王有一面之缘，必须亲自出马。

而且自己还是太子，对于罗塔国王来说，或许也是一个值得谈判的对手。自己曾经观察过达鲁修帝国的内部，也了解拉乌鲁王子的为人，一定会成为推动罗塔国王的力量。

但是，怎么才能去罗塔呢……

不可能乘这艘船去。桑加的舰船就在一旁监视，一旦改变航向，查格姆的意图马上就会被报告给拉乌鲁。

但如果到了桑加半岛，不明身份的叛徒和敌人的密探会把查格姆看得死死的。

要去罗塔，就必须在到达桑加半岛之前采取行动。必须逃离这艘船，而且必须采用拉乌鲁无法预料的方式。

船破浪前行，查格姆感受着船身摇晃的轻快节奏，凝视着无边无垠的大海。

查格姆乘坐的海船离开拉斯岛时是初夏季节。越过无岛之海时，正好赶上顺向的夏季风，所以横渡那约罗半岛并不吃力，但要想在回旋风暴到来之前赶到，时间并不宽裕。

几乎所有的行船期间，查格姆都是一个人度过的。

他甚至不允许近侍林待在身边。白天查格姆一直在写文章，在摇晃的船中书写并不是件容易的事，但查格姆觉得自己在与时间赛跑，他把迄今为止了解到的所有达鲁修的情况都写了下来。

帮助查格姆从俘虏小屋逃亡的塔嘉尔和欧鲁被允许觐见，查格姆向他们表示了谢意。但查格姆没有同意与晋见面，只是写了书信表示感谢。

查格姆打算对将来有了周全考虑之后再与晋会面。眼下自己还在彷徨，见到了晋，难免会把所有想法和盘托出，对其百般依赖，这是查格姆最为恐惧的。

听到有人轻轻地敲门，正在书写的查格姆抬起了头。

打开门，近侍林走了进来，看到他手里拿着的东西，查格姆眨了眨眼。

陶瓷盘上装满了各色水果，都切成了容易食用的大小，不仅如此，在这炎热的海域，水果之间居然还有细碎的冰块。

"冰？从哪里搞到的？"

把蒙了一层水珠、手感清凉的盘子放在桌上，林有些得意地微笑道："今天早上靠港之后，水兵们在地下冰室里找到了储藏冰。殿下近些日子食欲不振，大家都在想办法为殿下找些可口的食物，就算是三个臭皮匠也能顶个诸葛亮。"

查格姆说不上话来，只是凝视着冰镇水果。

在身为囚徒的那些日子里，林和水兵们并肩熬了过来。从林的话语里也可以听出他和水兵的关系很好。

自己每天回避与人见面，也不好好吃饭，林和水兵们一定都很担心。

查格姆仿佛看到水兵们在炎热的桑加港湾奔走，只是为了弄些冰块。

"谢谢……"

查格姆觉得自己好像喉咙红肿般说不出话来。

拿了一块水果放到口中，满是扑鼻的芬芳和宜人的凉爽，还有可口的酸甜。一股凉意从喉间流过，说不出的舒爽。

"太好吃了！"

查格姆微笑，林的神情一下子明亮起来。

查格姆觉得与林的关系更加亲密。林做自己的近身侍卫已经三年多了，但迄今为止一直把查格姆当作天神之子看待，小心翼翼地严格保持着主仆的距离，从未像今天这样对自己说过话。

查格姆觉得自己好像是第一次看见林发自内心的笑容。说不定林此时的心情也和自己一样。

林的个子也挺高的。

直到现在，查格姆甚至没有注意到林与自己同岁。在过去的半年里，查格姆长高了不少，而林也在囚徒生活中长高了。

虽然看上去有些单薄，但林看自己何尝不是如此呢？查格姆这样想着，吃完了众人精心准备的冰镇水果。真的非常好吃。

"谢谢，替我谢谢水兵们。"

查格姆吃完说道。林高高兴兴地行了一个礼。

从那天起，林经常会找机会待在查格姆身边。也许是水兵，或者甚至连晋也嘱咐过林，让他不着痕迹地看护查格姆。

查格姆没有疏远林，每次看到林，查格姆都觉得在他背后看到了对自己充满期待的新约格民众。这让他很难受。

在吃完晚饭后的一小段时间，查格姆经常会来到上甲板看海。

查格姆的晚餐开饭时间比水兵们略早些。所以，吃完晚饭来到上甲板，正好是水兵们下舱室吃饭的时间，甲板上几乎看不到人。

在风声、波涛声和船声中，站在甲板上眺望傍晚的海洋和天空，查格姆总觉得有种隐隐的悲伤。

幽暗空阔的王宫，自己生活过的房间，用过的书桌，那里的气息和感觉，修加看着自己时无可奈何的表情，母亲担忧的神情，平安度过的一天中无比平常的景致……这些自己可能再也看不到了。

故乡的一切，都像此刻飘浮在空中的金色薄云，眼见着失去了光辉，消失不见。一切都如此脆弱。

黄昏的光辉透明澄澈，查格姆远眺着北方的天空。

掩映在金色云雾中的梦幻故乡，在被风吹乱吹散之前，查格姆有种想要奔向天边，用双手支撑起故乡的冲动。

背后传来一阵脚步声，但来人远远地就站住了。

查格姆头也不回地说道："不用担心，我不会跳下去的。"

林的声音听上去有些狼狈："殿下言重了。"

查格姆缓缓地转过头，看着林。他似乎还是无法适应波涛翻滚的大海，脸色苍白。

"你待在船舱里就行了。我马上下去。"

听查格姆这么说，林不好意思地笑道："我也觉得这么晕船不行，但是怎么也好不了。不能待在殿下身边，还叫什么近身侍卫。"

林说得很认真，查格姆不由得笑出了声。

"不要紧。一般的近身侍卫是不会到海上出差的……也不会有比你更出色的近身侍卫，不必放在心上。"

林脸上的笑容消失了。他表情严肃地盯着查格姆，突然喃喃道："殿下真是不可思议。"

查格姆不明白林的意思，露出疑问的表情。林的笑容有些迟疑。

"您是太子殿下，我是您的侍卫，可您一直把我像朋友一样对待。"

说老实话，在宫里我觉得特别不安。"

林垂下眼。

"我从八岁就在宫里，一直作为近侍伺候殿下的兄长，萨格姆殿下。起先，我以为殿下和萨格姆殿下是一样的。"

哥哥萨格姆因病去世，查格姆十二岁时成为太子。

原来林是在哥哥去世之后才成为我的侍卫的。

哥哥萨格姆和父王一样对王宫以外的生活一无所知。

"与哥哥相比，确实我的举止有些奇怪。"查格姆嘿嘿笑道，"你也知道，我曾经离开王宫一段日子。我的保镖武艺高强，心地善良，在她的帮助下，我经历过一段难忘的旅程。在旅途中，我和那些在宫里人看来不过是贱民的人接触，了解到人与人之间的交往是如何温暖人心。回到宫中，那种交流依然让我无法忘怀。"

那时的查格姆希望与和自己同龄的林交朋友，但是，林却认为查格姆的举止古怪，因而深感不安。

"现在我也能体会到您的心情了。"林低声说，"成为俘虏后，每天都和水兵们一起生活，每天都感到新鲜、震惊，没想到人还可以这样生活。大家都是豪爽的军人，也很照顾我……"

林的脸上浮现出开朗的笑容。

"我还跟他们学会了游泳。所以，已经不像以前那么畏惧大海了。桑加看守虽然嗓门儿大，但都特别随和，允许我每天下海游一次。"

查格姆仿佛身临其境，不由笑道："确实如此。允许俘虏自由下海游泳，也只有桑加人才做得出来。"

林也觉得查格姆的点评深得其心，深深地点头道："是啊。都是些有趣的人。我问他如果我们逃跑了怎么办，他们大笑说：'约格人的游泳水平太糟，我们才不担心你们会游泳逃命呢。'真是些自以为是的人。就算是约格人，水兵当中也有非常善于游泳的人。我们还商量干脆越狱给他们看看呢。"

查格姆笑着刚想点头，突然念头一闪，僵直不动。

他瞪大了眼睛。

对啊，可以游泳。

查格姆觉得心跳加快。

此前从未想到的方法突然从暗夜中冒了出来，让查格姆不禁颤抖。

或许可以去罗塔。

只要骗过桑加的监视船。或许可以去罗塔……

就像围堰决口、渠水相连一般，一个接一个想法在脑海里开始连成一串。

非常突兀莽撞，几乎没有成功的可能性。但是正因为如此，铤而走险，才会让拉乌鲁王子等人措手不及。

对，就这么办。这是从他们手中逃出去的办法。

查格姆觉得热血沸腾，浑身滚烫。

只要做得巧妙，不但可以骗过拉乌鲁王子，甚至可以骗过父王。

但查格姆也无数次想过可能面临的艰险，这就像是给滚烫的心泼了一瓢凉水。

如果选择这条路……

查格姆太子将从世上消失。如果不能带援军回国，将永远消失。

林和船上的水兵也将成为牺牲品。

查格姆像雕像般一动不动，审视着自己的内心。林有些不安地看着他。

"殿下……"

黄昏的光辉照耀在林光滑的面颊上。

长时间的沉默之后，查格姆终于开口道："林，你听我说……"

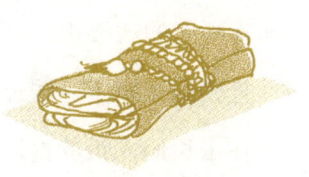

2 月下苍路

云中的夕阳把整个天空染成了淡淡的金黄色。

像往常一样，查格姆一个人站在甲板上，眺望着天空。

船的左前方出现了一个巨大的岛屿。渔村上升起袅袅的炊烟，隐约可见。

岛的北侧有一个更大的岛屿。船已定于明天靠港，补充水和食盐。

再往前去就没有岛屿了。接下来就是很久以前查格姆的先祖特尔盖尔大帝曾接受考验的无岛之海。

太阳消失在海平面的另一端，天空一下子变成了夜晚的深蓝色。吞没太阳的海平面上还留着一条长长的淡蓝色的光带。

跨过无岛之海就是故乡。

黑色的岛影中，有渔村的灯火闪烁。

查格姆从船舷探出身子，凝望着岛屿。

今夜是最后的机会——等到明天，眼前的岛屿就会被远远地抛在后面。

傍晚的夜空是群青色的，闪烁的星星已依稀可见。云雾散去，今夜应该是一轮明月。宣告晚餐的钟声响起，水兵们走向食堂，传来了一阵阵爽朗的欢笑声。

查格姆又瞥了一眼还在远处的岛屿，转过身，朝船舱快步走去。

在水兵们吃饭的这段时间里，查格姆已经收拾妥当。

他穿上了林偷偷拿来的水兵服，为了不让短剑滑落，在把短剑插在腰带上之后，还在背部用金属扣扣住。

查格姆站起身，发觉腰带有些沉重，一时间他有些吃不准这么沉重到底要不要紧。但是无论是短剑还是金币和宝石都不可能抛下不要。查格姆已将金币和宝石装入布袋并牢牢地缝在腰带上。

宝石是在桑加的港口等待这艘船出港时桑加国王赠送的，而金币则来自卡丽娜公主。或许为了酬谢曾经的救命恩人，或许也是为了表示歉意。不管怎么说，查格姆还是弄到了可供他长途跋涉的旅费。

查格姆从书桌上拿起一封厚厚的书信交给林，林点点头把信函放进了怀中。

林的脸色苍白，眼里却闪烁着兴奋的光芒。他拿起一块又脏又破的布，站起身。

"那……我走了。"

查格姆点头道："拜托了。"

林刚把手放到门上，又扭过头看着查格姆。

他用颤抖的声音道："查格姆太子殿下，愿天神保佑您……求您拯救我们。"

林深深地低下头，仿佛祈求天神保佑，然后再不回头，走出了门。

这个计策成功的可能性万中无一，但是林比查格姆还要有信心。

因为查格姆曾经挽救过大干旱危机，所以林相信查格姆会创造奇迹。

查格姆凝视着林离开，伫立不动。

然后他开始行动。

查格姆心如钟撞。在登上甲板的这段距离，他觉得自己仿佛踩在云端。

甲板上只有几个执勤的水兵。没有人对身穿藏青色上级水兵服的查格姆多加留意。

走到船头，眼前是一片黑黢黢的大海。

云开月明，月光落在黑暗翻滚的海面上。左手边的岛影比傍晚时分更近，也更庞大，但还是有很远的一段距离。

查格姆脱掉上衣，叠成长长的一条，又拧转过来，围在腰上扎紧。到膝头的半长裤还不要紧，上衣吸了水会变得格外沉重，如果海水温暖的话，最好是脱掉后下水。这是外祖父告诉查格姆的。

夜晚的海风吹过颈后，有些凉意。

眼望无边无垠的黑黢黢的大海，查格姆觉得自己仿佛缩成了一个小人。

自己即将要做的这件事或许愚不可及——这一念头像针刺一般，让他浑身发抖。

真的要跳入眼前的大海中吗？

真的要一个人跋山涉水前往罗塔王国吗？

查格姆闭上了眼，深吸了一口海风，让涌动的心潮平静下来。风带着海的气息在他身体内游走，查格姆觉得自己浑身火热。

在闭眼后的黑暗中，查格姆仿佛看到了一个小小的火苗，那是比迷惑、恐惧更为坚定的光芒。

只要完成旅途，等待自己的就不再是悲伤，而是自己所爱的人的笑容。即使有可能再也无法与他们相遇，但希望能给他们的未来点燃明灯。

我将为此前行。

睁开眼，澄澈的月光映入眼帘。月光在黑暗的大海上照出一条苍白的路，通向远方、不断摇晃、无穷无尽的路。

这时，船的最后方突然传来了叫喊声："着火了！垃圾着火了！"

船上马上骚乱了起来，水兵们都急急忙忙地赶往船尾。

林扔在船尾垃圾箱的破布燃烧了起来。破布中裹着一支巧炉，而且布上还沾了点儿油。所以这时已经有黑烟冒起。由于火势不大，水兵们立刻就把火扑灭了。

但是船上的骚乱还是引起了桑加监视船的注意。看到桑加监视船开始接近这艘船的船尾，查格姆爬上了船头。

他双足用力，保持平衡。只一会儿，身体就不再颤抖。

眼前只有茫茫大海。

走！

查格姆深吸一口气，猛蹬船板，笔直地跳入了海中。

在查格姆跳入海中的前一刻，林把裹着巧炉的破油布扔进了垃圾桶，然后飞奔回船舱，敲响了晋的舱门。

晋看到林的瞬间就明白了事情不同寻常。

"出了什么事？"

"查格姆太子有一封亲笔信叫我交给你，让你现在就看。"

晋从林手中接过厚厚的书信，发现里面有写给修加的，也有写给自己的。他把写给修加的信放在一边，打开了写给自己的信，然后皱着眉头读了起来。

信从感谢晋的话语开始。

查格姆简洁地介绍了与晋分开之后的情况。读着读着，晋被查格姆意外的经历吸引，连抹平信纸褶皱的工夫都没有，一口气读了下去。

当读到查格姆与达鲁修帝国二王子拉乌鲁见面时，突然听到甲板上传来一阵喧闹声。晋抬起头,但是林十分严肃地制止他道:"请把信读完。殿下命令,不读完不准动。"

晋脸色一变,看着林。但林毫不退缩,直视着晋。推开林冲上甲板对于晋来说并不是件难事,但查格姆的命令不能违抗。

晋又把目光落在了信纸上。

读着读着,晋开始冒冷汗。当他读到最后时已经脸色铁青。

甲板上的喧嚣已经平息。查格姆太子应该已经不在这艘船上。

"真不敢相信……"晋盯着林,"你为什么不劝谏殿下?"

林脸色惨白,目光却坚定不移,他看着晋道:"我相信殿下。殿下一定会拯救我们。"

晋无声地凝视着林的面庞。林直视着自己,眼光强烈而坚定,晋仿佛看到了查格姆的双眸。

这是年轻人的梦想……

晋的心头涌上一股哀伤。

晋推开了林,走出了舱室。在登上甲板的这段路上,查格姆的话语一直在他脑海里回响。

就当我死了吧——查格姆在信中写道。

　　让拉乌鲁王子觉得我是不堪重负,选择了死亡。
　　我投海的消息,通过变节者和密探恐怕马上就会传给拉乌鲁王子。拉乌鲁如果相信我已经死亡,那我就可以进入他的死角。

为了转到平时根本无法战胜的对手的背后，查格姆不惜以死相搏，瞒天过海。

你必须让父王相信是你将我推落海中，将我杀害。

如果让父王相信你暗杀成功，一定会欣然迎你回朝。请你一定多加努力，让林和水兵不至于因为失去我而受到责难。

还有，找机会把我的信函交给修加。

晋感受到了查格姆太子对自己无比深厚的信赖。查格姆相信只有晋才可以保住林和水兵，并把信函交到修加手中。

这是查格姆经过深思熟虑后做出的决断。信函中可以读得到查格姆的郑重托付，也可以感受到查格姆在缜密谋划的同时内心充满迷惑和不安。

他采取了如此孤注一掷的策略，但希望不要给晋、林以及船上的水兵带来不必要的苦难，而不安正来自对于无可避免的苦难的担忧。

查格姆深受煎熬，但仍然把希望寄托于难以实现的梦想……

甲板上还残留着油烟的气味。

迎面走来的水兵仿佛安慰晋似的说道："有个傻蛋把烟屁股扔到了垃圾桶里。火已经扑灭了，您不用担心。"

晋点点头，快步走向船头，那是与放有垃圾桶的船尾的反方向。

大海在黑暗中波涛翻卷，什么也看不见。

晋觉得自己已经无法呼吸，他凝望着海面，过了片刻，突然发现一个隐约可见的白点。

一个小小的身影在前方很远处游动着。他的动作比想象的更加有力，晋一动不动地凝望着。

如果现在驱船赶上去，还可以让查格姆太子回到船上。

但是，晋不能动。

他不会像林那样单纯地相信查格姆太子一定会成功。

但是，晋有种强烈的感觉，这或许是太子逃离国王之手，获得自由的最后机会。即便遭遇不幸，为追逐梦想而牺牲，也比被自己的亲生父亲所杀要强得多。

晋是看着查格姆长大的。那个幼小的孩子抱着巴尔萨痛哭，说自己根本就不想做太子的场景，至今历历在目。

男孩在幽冷的宫中，在父亲的猜忌下长大，这一点晋非常清楚。

如果就这样返回故里，查格姆将再次落入国王冰冷的手中。与达鲁修帝国的战争迫在眉睫，国王与太子的争斗必将迎来比以往更为悲惨的结局。

成为囚徒的日子，对于晋来说是一段漫长的时间。但与看守和桑加士兵渐渐混熟之后，晋得到很多机会去了解达鲁修帝国征服桑加的经过。

自己的国家目前也徘徊在灭亡的边缘——晋觉得，这已是毋庸置

终章 苍路旅人

疑的事实。

如果达鲁修帝国和桑加联手进攻，以新约格的军力无疑螳臂当车。国王在圣堂闭关祈求天神加护就会发生奇迹吗？

晋的脸上露出一丝苦笑。

若是以前，他丝毫不会怀疑国王将创造奇迹。但现在，眼前浮现的只有祖国被战火蹂躏的凄惨景象。

如果新约格王国灭亡，那么不把查格姆太子带回家乡，或许反而是保护了他。

晋希望查格姆能活下去。

查格姆背负重任，被无数枷锁束缚，却仍然把希望寄托在点滴的梦想上，义无反顾地跳入海中。晋希望自己能在背后撑他一把。

晋闭上了眼。

通往罗塔的道路无比漫长。太子从未一个人长途跋涉，活下去都未必是一件简单的事情，更何况还要说动罗塔国王，带领援军回国，这无疑是痴人说梦。

但是，即便如此……

晋还是想赞赏查格姆，赞赏太子在黑暗中跳入大海的决断。

如果世界上有奇迹，那么让奇迹出现的人不是求神拜佛的祈求者，而是能够做出决断的勇者。

"天神，请保佑勇敢的神之子。"

晋喃喃自语，睁开了眼睛。

从船上已经看不到查格姆的身影。

晋的眼神慢慢地坚毅起来。

已经祈求天神赐福。接下来就是完成查格姆因信任而交给自己的任务。这也是一个无比艰难的任务，但……已经不能回头。

晋又看了一眼黑暗中的汪洋，转过了身。

查格姆只是拼命地向前游。

刚入水不久，查格姆就发现在外海游泳与在入海口处向赛纳等人学习游泳完全不同。

翻滚的黑色波涛压住了身体，波浪会把人抬高，也会把人拖入海底。岛屿虽然就在眼前，却无论怎么游都无法缩短距离。

不安渐渐变成恐惧，查格姆觉得自己的胃在抽筋。

划水的手臂越来越沉重，像挂上了铅。不小心呛了一口海水，查格姆开始猛烈咳嗽，身体下沉，又喝了几口海水。

岛屿仍远在天边。

查格姆觉得呼吸困难，双脚却全无着力之处。足底是无尽黑暗的海洋……刚有这个念头，查格姆突然莫名恐惧，甚至感到头皮发麻。手脚变得沉重笨拙，身体开始不听使唤。

甚至来不及思考，查格姆就像一块石头般开始下沉。想挣扎，手脚却动弹不得。

耳边是汩汩的水声，什么也看不见，不停地往黑暗的深渊中坠落……

在无法呼吸的痛苦中，突然就像无数微微发光的水泡般，传来了重重叠叠的人声。

"在落入海里时，越挣扎游泳，体力消耗得越快，所以还是浮在海面上的好。"

查格姆耳畔响起了外祖父托萨沉稳的声音。

"身体不要用力，要把手脚松松地伸展开，这样海水会拥抱你。"

耳畔又响起了赛纳明朗的声音。

因恐怖而僵直的身体放松了，收缩的手脚也伸展开了，下沉渐渐停止，查格姆慢慢地开始上浮。

脸终于浮出了海面。查格姆拼命地呼吸，甘甜清爽的空气仿佛渗透了全身。

不可思议。恐怖消失之后，就像赛纳说的那样，身体很容易就浮了起来。

雅鲁塔西·阔拉会保佑我。

查格姆在心中微笑。

浮在水面漂荡，等体力恢复一些之后，又开始划水，累了再漂浮休息。查格姆就这样一直游了下去。

没有人帮他。

查格姆独自一人在黑暗的大海中浮游，但他已经不再感到孤独。像无数水泡般重叠的人声如同歌声回荡，支撑着他的信心。

查格姆突然发现自己身处满天的星辰当中。不，那不是星星，而是在琉璃色海洋中荡漾的精灵之光。

缓缓地由南向北移动的光群，让在水中荡漾的五彩花朵摇曳生姿。在花朵的缝隙间，银背闪闪的小鱼成群结队，叮啄亲吻着什么。

无数的水之居民像是给水草尖端镶上了水泡般的亮点，它们欢快地来回游动。

海天一色，萨古和纳由古也仿佛浑然一体，生命在欢唱高歌，摇动着琉璃色的水。

在各种声音中，蕴含着深深静谧的世界将查格姆包容在其中。

是春天……水之居民在查格姆的耳边低吟——来吧。

琉璃色澄净的海中还夹杂一个暗色冰冷的海。在这个黑暗的海洋尽头，有一个充满了鲜血和火焰气息的、丑陋的人世间。

查格姆必须在这个世界里长途跋涉。

悲哀涌上心头，查格姆觉得鼻子一酸。

来吧。

明快的歌声再次拂过他的身体。

查格姆摊开双手，仰天漂浮。满天的星斗和精灵之光交相辉映。对于精灵们来说，自己也不过是个小小的光点吧。

只是充满宇宙间的，无数光点中的一个。

查格姆脸上带着一丝淡淡的微笑，向精灵们挥挥手。

他深吸一口气，在琉璃色和暗色海洋之间划动双臂，缓缓地开始游动。

岛屿就在眼前。月光下，沙滩朦朦胧胧地泛着白光。

后记

我在《精灵守护者》中写巴尔萨和查格姆的故事时,总有个念头,认为两人观察世界的视角是完全不同的。

巴尔萨是国家这个框架所无法容纳的流浪镖客。她从自我这个视角观察一切。而查格姆是个王子,他是一个必须时刻从国家立场出发考虑问题的少年。

在写这个系列的过程中,不知从什么时候开始,巴尔萨和查格姆的形象在我的心中不断丰满,他们俩在同一个时间里,却站在不同的立场遭遇事件。

我开始考虑把巴尔萨的故事写成"守护者"系列,而少年查格姆在国与国的复杂状况中自己寻找道路前行,我想把这些故事写成"旅人"系列。

《苍路旅人》讲述的是查格姆选择了自己的道路,勇敢地迈出了第一步。当然他的旅途并没有在这里结束。此后查格姆的旅途和"守护者"系列将如何发展,还要请读者们继续耐心地和我一起走下去。

在此请允许我向在百忙中绘出精彩插图的佐竹女士,以及支持我向长篇发起挑战的编辑们表示衷心感谢。

图书在版编目 (CIP) 数据

苍路旅人 /（日）上桥菜穗子著；刘争译 . —广州：新世纪出版社，2023.8
ISBN 978-7-5583-3921-9

Ⅰ.①苍… Ⅱ.①上…②刘… Ⅲ.①长篇小说—日本—现代 Ⅳ.①I313.45

中国国家版本馆 CIP 数据核字（2023）第 104182 号

广东省版权局著作权合同登记号　图字：19-2023-153 号

Sôro no Tabibito
Text copyright © 2005 by Nahoko Uehashi
Illustrations copyright © 2005 by Miho Satake
First published in Japan in 2005 by KAISEI-SHA Publishing Co., Ltd., Tokyo
Simplified Chinese translation rights arranged with KAISEI-SHA Publishing Co., Ltd.
through Japan Foreign-Rights Centre/Bardon-Chinese Media Agency

出 版 人：陈少波
责任编辑：刘　璇
责任校对：李　丹
责任技编：王　维
装帧设计：易珂琳

苍路旅人
CANG LU LÜREN

[日] 上桥菜穗子　著　刘争　译

出版发行：SDM 南方传媒　新世纪出版社（广州市越秀区大沙头四马路 12 号 2 号楼）
经销：全国新华书店
印刷：河北鹏润印刷有限公司
开本：700 mm×980 mm　1/16
印张：16.5
字数：184 千
版次：2023 年 8 月第 1 版
印次：2023 年 8 月第 1 次印刷
定价：42.00 元

版权所有，侵权必究。
如发现图书质量问题，可联系调换。
质量监督电话：020-83797655　购书咨询电话：010-65541379